文芸社セレクション

時の風に吹かれて

楢岡 公人

NARAOKA Kimihito

文芸社

はじめに

　これは大正、昭和、平成の激動の時代を生き抜いた一人の人間の物語である。主人公は大正の中頃に秋田の小さな村に生まれ、幼少期を過ごした。自然豊かな気候風土をこよなく愛し、自由奔放に育った。しかし昭和の初めには好きだった村を抜け出し、新天地へと放浪の旅に出た。自分の生きる意味を探しに漠然と東京方面を目指した。横須賀から横浜、東京へと渡り、明日の夢を追いかけてもがき苦しんだ。

　そして時代は出口の見えない暗い闇へと突入し、大東亜戦争従軍のため中国戦線へと向かった。戦場で多くの戦友を失い、悲しい涙を流す日々は続いた。死の恐怖と戦いながら、中国奥地の桂林に進軍した。やがて日本の敗戦が濃厚となり撤退命令が下される中、桂林から漢口へ戻る途中でマラリア病を発症し生死を彷徨うこととなった。終戦後は連合軍の捕虜となり悲嘆に暮れる日を過ごしたが、幸運にも無事に帰還することができたのだった。

　しかし今度は戦後の混乱と貧困からのスタートとなる。無一文から這い上がり、定職を得て、家族を養い、家を建て、子供を育てた。ようやく一息ついた頃に病気を発症しながらも、無我夢中で昭和を駆け抜けた。気付けば平成の世になり、安らぎと恵みの揺らぎに浸りながら、初めて幸せな人生だったと実感するのであった。

遠い祖先を探ると、室町時代の出羽国仙北に楢岡城を構えた楢岡氏に辿り着く。しかし物語には栄華の影は一切なく、没落により武士から農民になり下がった一族の苦悩から始まるのである。主人公が日々の生活の中で、祖先の栄華を意識したことは一度もなかった。ただひたすら今日を生きるのに精一杯であり、祖先を崇め慕う、心の余裕すらなかったのである。

彼の生涯はまさに波瀾万丈の人生であった。それでも逆境にめげずに逞しく生きた。そのエネルギーはいったい何処からくるのだろうか。少年時代に家を失った悲しみや、大東亜戦争での生死を彷徨う経験からであろうか。それとも、祖先から受け継がれてきた武士の反骨精神というものだろうか。やはり没落と衰退、破滅と殲滅を繰り返してきてもなお、再生する力を持つ彼のＤＮＡの仕業であるのかもしれない。

この書は故人の手記に基づいて書かれた自叙伝であるとともに、時代の移ろいを感じることのできるドキュメンタリー的な回想録でもある。ふらふらと、だがしっかりとした足取りで歩んできた道を、歴史散歩でもするかのように探っていきたいと思う。

目次

〈家系図〉

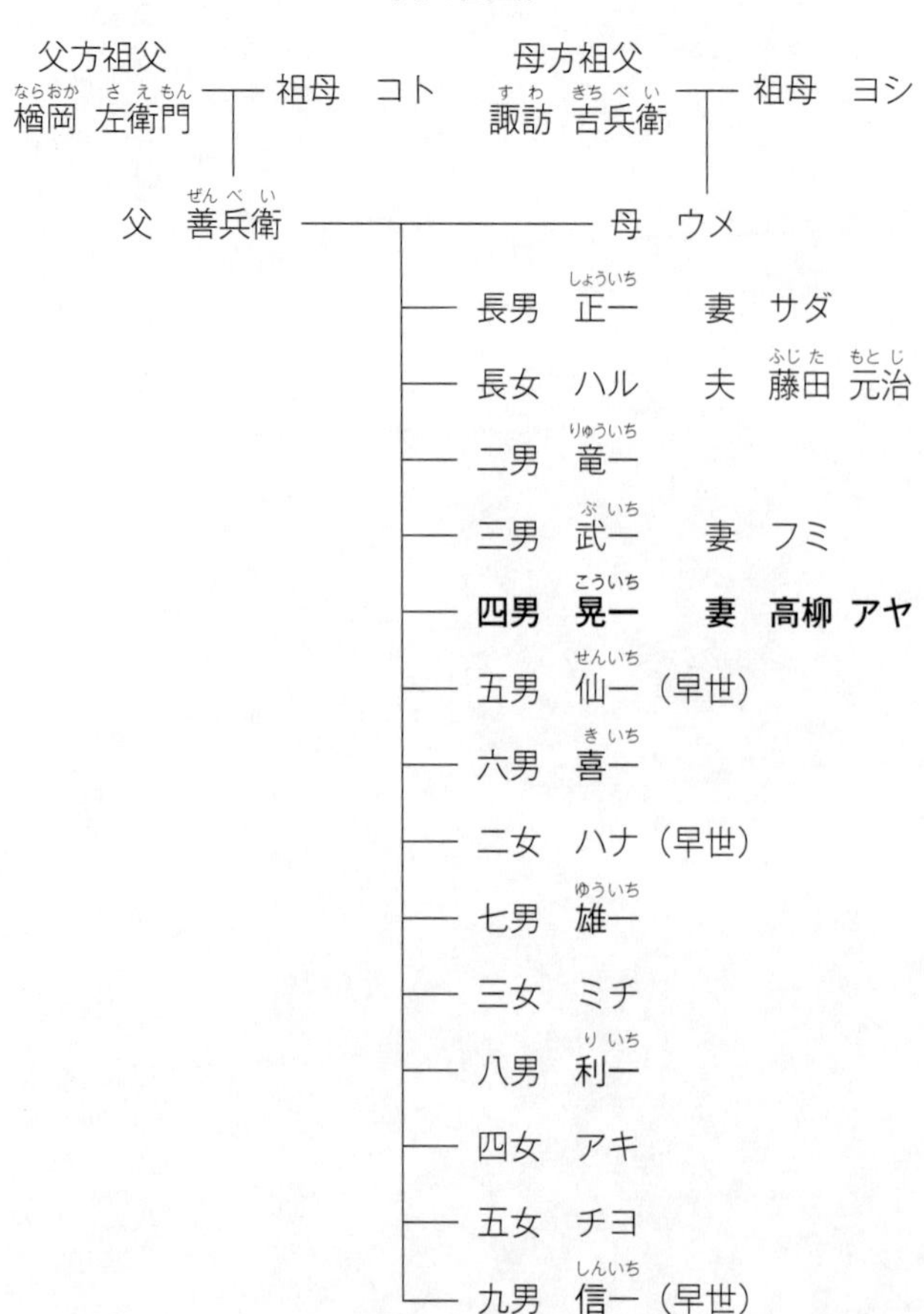
父方祖父
楢岡 左衛門
祖母 コト
母方祖父
諏訪 吉兵衛
祖母 ヨシ
父 善兵衛
母 ウメ
長男 正一 妻 サダ
長女 ハル 夫 藤田 元治
二男 竜一
三男 武一 妻 フミ
四男 晃一 妻 高柳 アヤ
五男 仙一（早世）
六男 喜一
二女 ハナ（早世）
七男 雄一
三女 ミチ
八男 利一
四女 アキ
五女 チヨ
九男 信一（早世）

〈登場親族〉

父方兄弟	姉	小助川 トヨ
	弟	楢岡 藤十郎（とうじゅうろう）
	妻	ミサ
	妹	小助川 トメ
母方兄弟	妹	高橋 ヒナ
	弟	諏訪（すわ） 与一（よいち）
	弟	深井（ふかい） 由蔵（よしぞう）
アヤ家族	父	高柳（たかやなぎ） 重高（しげたか）
	母	カヨ
	弟	高柳（たかやなぎ） 重行（しげゆき）
	甥	鈴村（すずむら） 定雄（さだお）
晃一家族	長女	綾乃（あやの）
	二女	琴枝（ことえ）
	長男	晃生（こうせい）
	妻	美江（よしえ）
	子	敬生（けいせい）
	二男	晃英（こうえい）

「挿絵について」

本書の挿絵は亡き父の戦友（山形県東村山郡中山町出身の故人相沢一郎氏）の画集「ふるさとの四季」の中から、選んで掲載させて頂きました。

この画集は自然豊かな山河の表情を優しく繊細な表現で描かれておりました。どの作品にも悠久の風が流れているのを感じられ、本書のイメージにぴったりの絵だと思います。

故人のご冥福をお祈り申し上げるとともに、ここに改めて御礼申し上げます。

第一章　悠久の風

生い立ち

祖先は士分三十余名を預かる
出羽国仙北の城主なり
時は戦乱の世
永遠の栄華は約束されず
謀反（むほん）や陰謀が渦を巻き
血で血を洗う日に明け暮れる
いつしか信じる心は失せて
骨肉の争いが始まる

栄枯盛衰（えいこせいすい）は世の常なり
夢破れ戦に疲れ果て
武士の衣を脱ぎ捨てて
やがて流浪の民となる
山間の小さな村に分け入り

刀を鍬に持ち替えて
生きるために帰農する

祖先は凋落（ちょうらく）の憂き目を知る
子沢山の貧しい百姓なり
時は富国強兵の世
安らぎの生活もままならず
貧困と不安が交錯する
暗黒の道へとひた走る
いつしか屋敷や田畑を奪われて
裸一貫で歩み出す

輪廻転生（りんねてんしょう）は巡るものなり
肉体は時空を超えて
やがてこの世に蘇る
草木に埋もれる城跡を巡り
往時の遺伝子を呼び覚ます

復活と再生を繰り返し
未来永劫の世を生きる
悠久の風に吹かれながら

「国破れて山河在り　城春にして草木深し」とは、中国の詩人杜甫（とほ）が詠んだ「春望」の一節である。国が破れ荒れ果てても、山河は今も昔のままである。城跡にも春になれば草木が青く生い茂っているではないか。栄華というものは儚（はかな）くも脆（もろ）く、そう長くは続かないものである。混乱の世を嘆き、離れ離れになった家族を案じ、何もできないまま年老いていく我が身を悲しんでいる姿がそこにある。しかし栄枯盛衰は世の常であり、人は必ずやどん底から這い上がってくる。悠久の風は絶えず優しく吹いている。そういうものだと私は思っている。

ずいぶんと長く、私は生きてきた。自力で生きてきたというよりは、時の風に吹かれるままの、放浪の旅だったような気がする。あるいは人に生かされてきたというのが、正直な実感である。この世に生まれてから今日まで、多くの困難に遭遇してきた。しかし幸運にも様々な人との出会いがあり、沢山の導きを頂くことで乗り越えることができた。そしていくつもの別れと遭遇し、その都度深い悲しみを味わってきた。でも、その人から受けた教えを大切にし、人生の手本とすることができた。精一杯生きたので、もう悔いは残っていない。そろそろ私の生涯を閉じる時期が近づいてきたようだ。私は輪廻転生というものを信じている。私の肉体が死んでも魂だけは生きていて、やがて別の人間に生まれ変わることができる。輪廻転生を繰り返してきた私の遠い祖先もそうだったように、私の心はまた何処かの、誰かの心の中で生き続けられるような気がする。

これからを生きていく私の子孫に、私の生涯を振り返り、私の生きた証、私の足跡を書き残したい。

私、楢岡晃一（こういち）は父善兵衛（ぜんべい）、母ウメの十四人兄弟の四男として、大正8年（1919年）12月15日に秋田県由利郡岩谷町大谷村（現在の由利本荘市大谷）に生まれた。私の兄弟十四人のうち男子が九人、女子が五人であるが、父のこだわりとして男子の名前には必ず最後に「一」の字を当てた。どんな些細な事でも良いから世の中の一番となって、胸を張って生きていって欲しいとの願いが込められている。因みに私の名前は、「日の光のように輝く人」になって欲しいとの想いから名付けられた。

父方の祖父母は左衛門（さえもん）とコトであるが、かなり時代を遡ると、室町時代に仙北郡（せんぼくぐん）（現在の秋田県大仙市）楢岡城城主となった家柄であったようだ。だが悲しいことに、時の流れとともに衰退していき仙北を追われて、ここ大谷村に辿り着き土着民となったと伝えられている。

祖先のことをもう少し詳しく紐解けば、室町時代の長禄2年（1458年）の頃に、出羽国仙北の増田城主であった小笠原光冬という人物がいた。彼がとある理由により信濃を去り、楢岡城に入城して楢岡氏を名乗った初代とされる。当初は約一万石の領主であった。

光冬の家系は清和源氏の一流であり、甲斐源氏の流れをくむ信濃国守護、小笠原信濃二郎長清の血筋である。長清から6代目の貞宗は、武家礼法で有名な小笠原流中興の祖といわれる人物であり、光冬は長清の8代末裔の子に当たる。つまり楢岡家の始祖は信濃国守護の小笠原氏と深い関係を持つ、由緒ある家系であった。

天正年間（1573〜1592年）では戦乱が続き、織田信長が滅び、やがて豊臣秀吉が天下を治めるようになった。天正18年（1590年）秀吉が相州小田原の北条氏を攻めた時、諸国の武将に出陣を要請した。出羽の諸将もこれに応じて小田原に参陣したのだった。ところが楢岡氏8代目光清は不運にも病床にあって出陣できず、それが理由で太閤検地では楢岡郷の領有が認められず、楢岡郷はやがて角館城主の戸沢氏に移ることになってしまった。それ以前は近隣諸将の敵対を退けるための同盟関係を結んでいた間柄である。しかしこの時から明らかに楢岡氏は戸沢氏の属下に入り、従属関係となったとされている。

時代が進み、徳川家康が天下を治める頃には、戸沢家は出羽国荘内新庄に封ぜられ、六万石を領した大名となっていた。が、その後角館城主となり、約三万石で同郡の大半を所領していた。時に楢岡氏は戸沢氏の家老（武家の家臣団の最高地位に相当する）となり、楢岡城に九百石を与えられ、士分三十一名を預かる重臣として活躍していた。

私の祖先が住んでいた楢岡城とは、どのような城であっただろうか。城は仙北平野の中西部にあり、楢岡川左岸の南東側に張り出した丘陵先端に築かれた平山城であった。丘陵一帯を大規模に堀で断ち切って造られている。城は北から主郭、二の郭、三の郭が連なり、南には大手門、蔵、馬場が配置されていた。城がある場所は楢岡川が雄物川に合流する流入口に位置し、雄物川の沖積平野を望む高台にある。この地は昔から舟運の要衝にあり、軍事、軍略的にとても重要な舘城（たてじょう）であった。南側にある愛宕山には大手門、蔵、馬場跡が遺されており、今でも祖先の往時を偲ぶことができる。

慶長、元和（げんな）の徳川時代に至り、強固な国造りが行われるようになると、人々の心も次第に安定へと向かって行った。慶長７年（１６０２年）家康から常陸国の佐竹氏が出羽国へ転封を命ぜられた。入部する以前の仙北地方では、既に土豪領主の大半は消滅し、あるいは他国に移封が命ぜられたのである。その流れで家系を保った家はほとんどなく、帰農して家名を残すのがやっとであった。戸沢氏の家臣達は常陸国転封への同行も叶わず、君主を離れ、流浪の身となって、離散の運命に立ち入ったと思われる。楢岡氏も戦いに利非ずとして離散し、生活のため帰農する土地を求め流れ下った。そこが由利郡大谷村だったのである。祖先は大変困難な道を歩んだであろうと想像される。

過去帳によれば、帰農してから脈々と時を繋ぎ、安永2年（1773年）に亡くなった初代から数えて、父善兵衛は楢岡家9代目であるという。そんな家系にあった私の父は、明治26年（1893年）11月14日に四人兄弟の長男として生まれた。よって最初から農家を継ぐ運命にあったのだ。兄弟は上に姉がおり、下には弟と妹がいた。

一方母ウメの家系も、近隣の村々の中でも際立つ名家であった。彼女は神道「諏訪教会講社」を興した諏訪家に生まれた。15代当主吉兵衛（きちべい）とヨシの四男五女の二女として、明治30年（1897年）1月25日に出生した。

諏訪家は信濃国の諏訪郡を本拠地として発祥したとされる。続日本紀によれば、諏訪郡に信濃国を分割して諏訪国を設け、天平（てんぴょう）3年（731年）3月まで存続していたと記されている。諏訪氏は諏訪大社を世襲する領主であり、鎌倉時代には北条氏に仕え信濃国武士団の中心となる。その後戦国時代に武田信玄に滅ぼされ一族は離散したが、残党は諏訪神社を諸国に祀（まつ）り広めたのである。

　諏訪一族の中でも特に際立つ人物がいる。諏訪家13代当主の諏訪与市郎（よいちろう）は、弘化元年（１８４４年）２月に工藤家の長男として大谷村に生まれ、その後諏訪家の養子となった。少年期に漢学を、更に青年期には国学を学んだ。明治10年（１８７７年）８月、33歳の時に北海道の石狩郡に渡り、八幡神社の神官となり、と同時に教員として学校教育にも力を注いだ。神官と教員を辞め帰県した後、北海道や由利郡の諏訪教会講社の教会長として神道の普及に尽力したのであった。若き日に学んだ漢学と国学を素養として、生涯にわたり勉学に勤しみ、博学の徒として尊敬を集めていたのである。更には書人や歌人としても有名であり、多くの作品を世に遺している。まさに郡内の偉才であったと伝えられている。大谷村にある住吉神社の境内には、今もなお、その功績を称える石碑が遺されている。

　ところがこの諏訪家も、やがて衰退の道を歩むことになる。諏訪神社を代々守ってきた家系が途絶えてしまうことを、いったい誰が予想したであろうか。ここにも悲しい物語が待ち構えていたのである。

　母は明治45年（１９１２年）２月に満15歳で嫁入りし、長男正一（しょういち）を頭に十四人の子供を授かった。長男は大正元年（１９１２年）12月の生まれであるから、嫁いだその年の暮れには子供を産んでいたことになる。15歳での出産となれば今ならさぞかし問題となりそうだが、明治時代の民法では結婚年齢を男性17歳、女性15歳と定めていた。時代を遡って、江戸時代の女性は13～15歳ぐらいで出産することが多く、死産や流産の危険性が高かった。そのリスクを回避する処置として定められたようだ。一般的に農村部の女性は早婚傾向が強く、適齢期は15、16歳から20歳前後であった。昭和になってから、母は多くの子供を産んだことで国から表彰されることになった。

何故表彰されることになったかについては、明治から昭和初期にかけての時代背景を知る必要がある。時の明治政府は、経済の発展と軍事力の強化による近代国家を目指し、富国強兵政策を打ち出していた。国力が増し軍備が増強されると、必然的に海外へ矛先が向けられる。日清・日露戦争を勝利に収めると、益々波に乗り軍国主義へと傾倒していった。昭和に入ると政府は大東亜共栄圏の確立を目指し、人口増強策をとった。いわゆる、「産めよ、殖やせよ」政策と呼ばれ、多産の家庭は国から表彰されることになったのである。つまり母は日本国の発展に大いに貢献したのである。

聖なる花の咲く家

我家は代々続く稲作農家ではあったものの、規模はとても小さく、暮らしにゆとりはなかった。家は典型的な民家の造りで、南部曲り家のような茅葺（かやぶき）屋根の平屋建てに馬と一緒に暮らしていた。この時代、馬は農耕馬として貴重な労力であり、家族のように大切に育てられていた。建坪は約１２０坪、敷地はおよそ二倍の２６０坪ぐらいあるが、これでもこの村の平均的な大きさであった。

我家には建物を囲むように梨と柿が交互に植えられいた。季節になるとおやつ代わりに美味しい恵みを食することができた。特に柿は秋に軒先につるして天日干しにすると甘みや栄養素が凝縮され、冬季間の貴重な栄養源ともなっていた。道路に面した家の南側一帯には雪柳が植えられており、春先になると白い小さな花が枝垂れるように咲き誇ってきれいだった。それから西側一帯には初夏を朱赤色（しゅせきいろ）に彩るさつきが植えられていた。

家の北西部には六畳程の土蔵造りの物倉がある。その物倉の周囲には桐の木が植えられていた。あまり知られていないが、春から初夏にかけて釣鐘状の紫の花を咲かせる。葉は直径20～25cm程の卵型であり、太陽からの栄養を集めるためにお互い重なることなく生えそろっている。桐の花の花言葉は「高尚」であり、神聖なるイメージから「聖なる花」との呼び名があるらしい。神々しく可憐な優しさがあり、私はそれを眺めるのがとても好きだった。このように私達家族は花を眺め、四季の移ろいを感じながら日々の暮らしを送っていた。

母屋とは別に、家の南東部には十二畳程の二階建ての作業小屋兼納屋がある。そこには鍬などの農器具や収穫用の貯蔵箱等の置き場があり、米や野菜の収穫時期になると、家族総出で作業をしたものだ。それからその手前には独立した建屋の便所があった。当時の便所は汲み取り式となっており、田畑の肥料として利用されていた。従って母屋から離れた所にあるのが普通であった。

家の裏手、北側は小高い山になっており、竹林の下を湧き水が流れている。その湧き水を飲料水にするため、樋（とい）を使って家の中まで引き込んである。大きな水瓶（みずがめ）に貯めて置き、飲み水の他に、風呂や洗濯などに使われていた。家の北東側には大きな溜池がある。これは湧き水を引き込んで造られており、畑に供給される水を確保してある。当然のことではあるが、水は生活するためには欠かせないものであり、とても大切なものであった。

家の玄関口は中央よりやや西側にあり、間取りは入って直ぐ左側が客室、その奥には中座敷、更にその先は奥座敷へと続く。玄関の右側には坪庭があり、その後ろの縁側を伝って右手に行くと土間へと繋がっている。縁側の奥には囲炉裏のある茶の間、更に奥には主寝室がある。茶の間には天井近くに神棚が祀ってあり、その下には仏壇が置いてある。どの家庭でも神や仏は家の中心に存在し、心の拠（よ）り所として大切にされていた。

そして家の東側部分は土間となっており、その奥は台所へ繋がっている。土間には馬小屋があり、二、三頭の馬を農耕用として飼育していた。面白いことに土間中央にある木戸を開けると小便所へと繋がっており、雨にあたることなく夜中でも用を足すことができた。台所の右脇には竈（かまど）、風呂場、流し場、水桶が配置されており、奥には食品置き場やお膳棚があった。

家族は主に台所で食事をする。台所は板の間になっており、囲炉裏を囲みながら一人ひとりの食事はお膳に供される。台所からは硝子窓を介して土間を眺めることができ、馬の様子などものぞき見することができた。硝子窓は大正末期から昭和にかけて取り入れられた新しい建材であり、当時の村では目新しかった。

我家には小さな風呂があったが、村で風呂のある家は数えるほどしかなかった。たまたま裏山から湧き水が流れており、その恩恵を受けていたのだ。大抵の家では鍋で湯を沸かして身体を拭くか、夏は大きなたらいに貯めて行水のように身体を洗い流すのがほとんどであった。月に数度、近所の親方（集落の責任者を親方と呼ぶ）の家で「もらい風呂」をさせてもらうか、２㎞先の温泉を利用するのがほとんどであった。

「もらい風呂」とは、近隣住民同士の助け合いの精神「結い」から生まれたものである。

尋常小学校の思い出

昭和元年（1926年）4月に、私は6歳で尋常小学校に入学することになった。最初は羽後岩谷駅の北側にある松山にある分校に通った。松山地区にあるので、松山学校と呼ばれていた。分校は他に徳沢（とくさわ）地区にもある。松山学校へは3年生まで通い、4年生になってから本校へ合流した。本校の岩谷小学校は、駅から歩いて五分ぐらいの所にある。

歴代校長の名前が富沢五郎先生、その後亀田校より転任して来た吉田英雄先生、更に記憶を辿っていくと川井ヨシ先生、矢野常雄先生、野田マツ先生の順であった。女性の校長が二名いたことになるがこの頃とても珍しく、それだけに優秀な人材であったと思われる。

小学校の同級生で大谷村の出身者は私を含め八人であったが、私以外は何故か全て女子であった。その同級生の中に、水の事故で亡くなってしまった可哀そうな子がいた。名前を深井サダミといい、おかっぱ頭がとても似合う可愛い子であった。

ある夏の日、彼女は涼を求めて友達と近くの大堤（おおつつみ）に泳ぎに行った。大堤とは地元で農業用水として使用している貯水池のことである。ところが夢中になって遊んでいるうちに、深みにはまって溺れてしまったのだ。一緒に行った友達はどうすることも出来なくて大声で助けを求めたけれど、近所の大人が駆けつけてくれた時にはもう既に遅かった。大人の腕で抱き上げられた彼女は、うなだれたまま目を固く閉じてしまっていた。駆けつけた両親は、変わり果てた我が子の姿に半狂乱となっていた。その夜は幼い子供の死を悼み、村中が静まり返ったのである。大きな悲しみに包まれた自宅での葬儀には、同級生はもちろん、大勢の人が参列していたのを思い出す。あの明るく元気な子と二度と会えないと思うと、私は涙が止まらなかった。

学校行事で一番楽しかったのは、何と言っても遠足と運動会である。遠足は高さ9mの巨大な観音像で有名な赤田大仏や近くにある東光山登山、6年生の修学旅行の行先は秋田市であった。秋田市は昭和6年に路面電車の運行が開始されており、木内雑貨店（現在の木内百貨店）や本間屋（元の本金デパート、現在の西武秋田店）などのデパートもあった。デパートの屋上に設置されていた遊具で遊んだり、買い物をしたりして楽しんだ。何もない田舎の村民にとって、都会の秋田は憧れの的であった。

運動会は年に一度、春にあり、家族総出の一大行事であった。親達は前日から餅つきやうどん作り等の準備で、てんやわんやであった。当日の朝に、子供達は誰よりも早く目を覚ます。身支度を整えると手にはゴザと食べ物や飲み物を持ち、重い荷物も何のその、村外れにある馬場（運動場）へわくわくしながら向かったものである。村人達も大勢見物に集まり、それはとても楽しい一日となる。土埃の舞う中での昼食もまた格別で、隣の席の人に食べ物や飲み物をお裾分けしたりする様子も、そこかしこに見られる。親子、先生共々楽しいひと時を過ごした。帰りは子供達の元気をよそに親達は疲れ果て、残りの荷物を背負いやっと家路に就くのだった。

昭和3年（1928年）11月に、昭和天皇の即位の礼及び大嘗祭が行われた。まさに国全体でのお祝いムード一色であり、地方各地でも奉祝行事が行われていた。ここ岩谷小学校でも校庭に舞台が設置され、村毎の大競演が実施された。大谷村からは「流浪の旅」の演目が行われ、諏訪種市さんと松本孫七さんの共演に拍手喝采であった。「流浪の旅」とは大正10年（1921年）に当時の艶歌師によって唄われたもので、田舎から口減らしのために身売りされ、外国を流転した「からゆきさん」のことを唄った哀歌として、大衆に伝わっていた。この歌に合わせて踊る二人の姿は、芸人顔負けでとても見ごたえがあった。

大谷村の冬はとても辛いものがあった。朝は村人総出で雪道を除雪しなければならない。それは子供とて例外ではない。集団登校の際は踏み俵を履いて、一列に並んで雪を踏みしめるのだ。踏み俵は藁で編んだ道具であり、直径30㎝、深さは40㎝前後で底の部分は閉じてある。それに両足を入れて雪を踏み固めるのだ。出立ちはフランケ（角巻）を頭からかぶり、紐で首と腰を結ぶ。フランケの中には勉強道具入りの風呂敷包と弁当を腰に巻いている。父親が作ってくれた藁靴を履いて勇んで学校へ向かうのだった。

２月も末になると雪が固くなり、ちょっぴり登校が楽になる。何故かと言うと、手造りの竹スキーに乗れば、田んぼを乗り越えてほぼ一直線で学校へ向かうことができたからであった。雪もうまく利用すれば味方となってくれるのだ。

羽越本線は大正元年（１９１２年）９月に開業したのだが、私達一般人は汽車に乗る機会がなかった。また一日に数本しか通らぬ路線であり、汽車を見ることすら余りなかった。それだけに興味がわき、学校帰りには日課のように踏切まで通ったものだ。憧れの汽車の通過を見届けると、今度は線路の上を歩いて遊びながら家へと帰るのだった。ある時、いつもの時間より早く踏切に到着したことがあった。汽車が通過したものと勘違いをして、いつものように線路を歩いていると、突然前方から汽車が現れた。大きな汽笛を鳴らされて、あわや大惨事になるところであった。家に帰ってから思い出し、恐怖に胸を撫で下ろすのだった。

軍国主義に走り出した大正から昭和の初めにかけては、「産めよ、殖やせよ」の時代。人口増強策により子沢山の家庭が多かった。当然親達は仕事で忙しく、学校に通う子供に赤ん坊の子守を頼むことになる。男の子も女の子も文句も言わず、親の言い付けを守った。授業の最中に廊下を走り回り遊ぶ児。おんぶの状態でぐずって泣き出す児。仕方なく食べ物を与えてなだめてみたりするが、中々泣き止まない。初め先生は黙って見ているが、それでも収まらない時は強制的に廊下に出るよう促す。勉強熱心な子供は、廊下から授業に聞き耳を立てながらでも勉強した。そんな子に限って優秀な成績を収めていた。とにかく昔の子供はよく学び、よく働いたものだった。

この頃の学校制度というのは小学校が二段階方式で、尋常小学校に六年間、高等小学校に二年間通うようになっていた。これよりもっと以前、明治19年（1886年）に初めて小学校令が公布された時は尋常小学校が4年、高等小学校は4年となっていた。その後変更され、両親が小学生の頃には尋常小学校は3年または4年のいずれかであったそうだ。しかし明治32年（1899年）に修業年限を4年に統一した経緯がある。

明治から昭和初期までは尋常小学校と呼んでいたが、大東亜戦争末期の昭和16年（1941年）に国民学校と名を変えていた。このように学校制度は色々と変遷を見せており、不安な時代を反映しているかのようであった。当時の社会情勢からすれば、大半が義務教育である尋常小学校まで学び、その後は就職する者が多かった。高等小学校まで進む者は同級生の三分の一程度であり、卒業してから更に二年間学ぶ実業学校（予科とも呼んでいた）へ行く道もあった。

　母は尋常小学校を3年で卒業し、父は岩谷の高等小学校まで進んだと聞いた。父はともかく、母が小学校で学ぶことができたと聞いて驚いた。この時代の農村では、女子に教育は必要ないという風潮だったので、行きたくとも行けない子が大半だった。その理由は義務教育だとしても授業料を払わなければならず、貧しい家庭はとても無理であったからである。そんな中にあって学校に行けたのだから、母はとても裕福な家庭に育った証であろう。

　父はとても頭が良く、クラスでは常にトップクラスであった。しかも尋常小学校から高等小学校まで八年間無欠席であったので、卒業時に優等生として表彰されている。優等生三人が写っている記念写真が、今もなお残っている。

　どうやら父は学校の先生になりたかったようだが、楢岡家の長男として家業の農業を継ぐために、上の学校への進学はあきらめざるを得なかった。しかし勉学への情熱は冷めず、青年時代はさながら江戸時代の寺子屋のように、村の若者を集めては珠算を教えていたようである。当時3歳の私を背負いながら、村人に指導していたと聞く。若き指導者として、村人からは敬意を払われていたようだ。早稲田大学の講義録を購入して、余暇をみては叔父の藤十郎（とうじゅうろう）さんと共に勉強に励んでいたと、晩年の母から聞いたことがあった。そのせいか、家には長椅子や指導用の大きなソロバン、個人用の小さなソロバンが沢山あったのを記憶している。

第二章　早春の風

大谷村の風景

春が来て
そよ風が里山を包み
近くで郭公鳥（かっこうどり）が鳴く頃
村人は田植え準備に忙しい
日の出とともに飛び起きて
鍬を振り上げ
春の息吹を漉（す）き込んで
今日もせっせと土を耕す

やがて命の水が注がれて
水面（みなも）におたまじゃくしが憩う頃
村人は一家総出で田んぼに集う
頑是（がんぜ）ない童（わらし）らも駆り出され
泥に塗れながら

希望の光を背に受けて
今日もせっせと苗を植える

夏が来て
稲が青々と茂り
さざ波立つ海原となる頃
燕は幸せの輪を描いて飛び回る
日が傾きかけると
馬は川で水浴びをし
明日への英気が授けられ
長閑（のどか）な村の一日を終える

沼のほとりに蛍が舞い
夜の帳（とばり）が黄色く染まる頃
童らはこぞりて鎮守の森に集う
絣の着物に藁草履
松明灯して墓地へと向かい

じじこ　ばばこ　この灯りにきとぬ
わらべ唄で祖先の霊を呼び覚ます

秋が来て
黄金色の絨毯（じゅうたん）に
赤いとんぼが遊ぶ頃
稲穂は福の神を連れて来る
豊作を祝う獅子たちが
飛んだり跳ねたり
喜びを全身で表現して
あちらこちらの空を舞う

稲藁の煙が棚引き
山々が艶（あで）やかに燃ゆる頃
白鷺（しらさぎ）は田んぼの餌を啄（ついば）む
村の鎮守の神様も
安らぎの風に吹かれて

平穏な時を噛みしめ
茜色の空を駆け抜ける

冬が来て
墨絵のような里山に
綿雪が深々と積もる頃
村はひっそりと静まり返る
夜な夜な歩き出す
笠地蔵の念仏に合わせ
ランプの灯りに祈りを捧げ
家の中でじっと春を待つ

日の光が地面に届き
きらめく様に心和む頃
鳥のさえずりが聞こえてくる
雪の下の土をかき分け
福寿草もひょっこり顔を出す

春の兆しが列をなしてやって来て
村人を元気付ける

ここ大谷村は真田長根と呼ばれる海岸丘陵の東麓、芋川下流の氾濫原に位置し、戸数40軒程の小さな集落である。ＪＲ（旧国鉄）羽後岩谷駅から北西１㎞程の所にある。鍋倉、栗沢、小豆沢、冷尻の四つの小集落をまとめて、大谷村と呼ぶ。昭和４年（１９２９年）頃には戸数が30軒余りに減っていた。同じ集落には母の実家があり、当主の与一は母の弟に当たる。諏訪神社を代々守る由緒ある家の子孫でもあった。村の衰退に拍車をかけるように、後に理由あって、諏訪家と楢岡家が村を去ることになる。

私の家の前方には鳥海山がそびえたち、裏手には小高い山がある。裏山を駆け登ると、松ケ崎方面に続く山道があり、その先は日本海となる。親川近くの山の中、ここから北西２㎞先には冷鉱泉「楠の湯」がある。昭和46年（１９７１年）に建設された「楠山荘」は、この「楠の湯」から引き湯がされていた。そして平成12年（２０００年）新設の「ぽぽろっこ」は、この「楠山荘」を継承した形となっている。

前方には一面に田んぼが広がり、その前には県道が走る。その県道を右に行くと米坂に通じる。県道を左へ行くと、尋常小学校のある松山方面となる。近くには芋川が流れ、やがて子吉川へと合流する。その芋川や羽越線が一望できる位置に我家がある。

カッコウが鳴く頃には田んぼに水が入り、いよいよ田植えの季節となる。田植えといえば思い出されるのが伊藤左治衛門さんである。通称を「左治衛門のデーさん」、別名「テカリコ」の異名がある。異名の通り頭はピカピカに禿げ上がり、目は寄り目という風貌であった。秋田の方言で斜視のことを「テンカリコ」と言うのであるが、風貌に似合わず誰にでも優しい人であり、これは親しみを込めた愛称でもあった。だけど何故「デーさん」と呼ぶのか、未だに分からない。田んぼは我家の北隣にあり、その時期になるとよく姿が見受けられた。田植え準備で忙しい「左治衛門のデーさん」は、今日もせっせと田を起こす。

尋常小学校の3年生にもなると、農家の子供は貴重な働き手となる。田植えや稲刈りの繁忙期には、学校から約一週間の休みが与えられた。特に田植え時期は猫の手も借りたい程忙しく、子供は一斉に駆り出されることになる。

どの子供も「駄賃」と「さなぶり」に誘惑されて、大ハッスルするのだった。「駄賃」としてはたいがい小銭や「俵あられ」などを貰うことが多かった。「俵あられ」とは乾燥させた餅を棒状にカットし油で揚げたもので、どの家でも定番のおやつであった。それから「さなぶり」とは田植え終了後の祝いの行事を指しており、田の神が田植えの終わるのを見て帰る日と言われている。田植えに参加した人を招いて、村人皆で食事をしながら田の神に感謝するのが習わしであった。

　田植えの休憩時間にはよく甘い食べ物が供されるが、子供達は大抵買い出しを言い付けられる。村内には商店はなく、ここから1、2㎞離れた岩谷か米坂まで足を運ぶのだが、それが何よりの楽しみでもあった。岩谷は高倉商店、米坂は沢田商店へ。饅頭やかりんとう、ビスケット、飴玉などを買いに行ったものだ。

　田植えが終わり、一息ついた頃の毎年5月17日には住吉神社の例大祭が行われる。神社は鍋倉と栗沢の丁度中間に位置し、村を一望できる小高い山の中腹にある。ご神木に囲まれたこの神社は、いつ行っても凛とした静けさの中にあり、神々しさが漂っている。例大祭に合わせて、わざわざ米坂の先にある深沢から神官を呼んで執り行われる。神に五穀豊穣を祈った後、村人達が集って酒を酌み交わす宴が催されるのだ。祭りには屋台がつきもので、飴や駄菓子を売る店、100連発の鉄砲やゴム風船などの玩具を売る店等が立ち並び、着飾った子供達は10銭から20銭の小銭を手に屋台へまっしぐら。大人も子供も憩いのひと時を味わった。

　稲の成長とともに子供達は豊作を祈りながら鳥追いをし、やがてお盆を迎える。お盆は祖先を迎え入れる大切な行事であるが、これも主役は子供達であった。当日は絣の着物に藁草履や竹皮草履を履き、誰もが皆、身だしなみを整えて参加する。夕方になると墓地へと続く空き地に一斉に集まり、暗くなるのを待ってから丸山墓地へと向かうのだった。

　先ずは藁を燃やし、松明に火を灯す。一面に干し草が敷かれた道を登りながら、「ジジコ、ババコ達、この灯りにきとぬ」（じいさん、ばあさん達、この灯りに集まって来てね）と掛け声をかける。墓地への道は子供の背丈程の夏草が生い茂り、鬱蒼としている。土葬の時代でもあり、子供にとっては薄気味悪さも格別であった。その怖さを掻き消すように、大きな声を張り上げて登って行く。すると自然に仲間との連帯感が生まれ、安心感に包まれるのだ。迎え盆から送り盆までの三日間、子供達主体で行われる楽しい行事であった。

　それから村のお祭りには欠かせないものとして、「獅子舞番楽」というのがある。これは古くから秋田、山形地方で行われている「山伏神楽」をルーツとしており、鳥海山信仰との関係が深いものである。主に旧暦の11月から正月にかけて行われ、村々を回っては獅子舞や剣の舞いを披露する。獅子舞は上下の歯を激しく打ち鳴らして舞うことで、家内安全や災難疫病を祓うとされる。その後に信夫太郎、矢島小弓などの武士舞が演じられるのだった。当日、部落集会場には多くの村人で賑わった。

　大谷村の家庭でラジオが初めて設置されたのは、おそらく昭和3、4年（1928、1929年）の頃だろうと思う。私が尋常小学校低学年の頃、村集会場の近くに鉄製の大きな塔が二つ設置されているのを目撃した。近くの子供達も集まって見上げるもののの、それが何であるかは皆目見当がつかない。後から聞いた話であるが、それはラジオを受信するためのアンテナであり、我が栗沢集落の親方である深沢久三さんが設置したものだそうだ。

ラジオ放送は大正14年（1925年）から始まり、昭和3年にようやく全国放送が開始されていたので、まだ目新しく、村民からはとても羨ましがられていた。だが現実問題として、庶民は食べることに精一杯で、ラジオを聴くゆとりなど全くなかったように思う。深沢さんは大谷村の村長を務める地元の名士であり、村民が村の何処かで会うと、恭しく頭を下げたものであった。羽後岩谷駅を誘致できたのは深沢さんの功績であり、大変な実力者であった。

村で初めてと言えば他にも沢山のエピソードがある。その一つ目は野菜のことである。ある日私は集会場裏の畑に、果物のような青い実がなっているのを発見した。しかもそれは竹に枝を括り付けられた状態で、さながら畑の中に青いカーテンを垂らしたようであった。それまで青い果物など見たことも聞いたこともなく、何だろうなと気になっていた。ところがすぐにはわからず悶々としていると、近所の農家の叔父さんがあれはトマトの苗だと教えてくれた。叔父さん曰く、親方の澤田二郎さんが植えたトマトという名の野菜とのことであった。澤田さんは小豆沢集落の親方であるが、農業学校の先生ということもあり、珍しい野菜を育てていたのだと分かった。

今でこそトマトは珍しくもないが、食用として日本に入ってきたのは明治以降であり、更に品種が改良され、育成が盛んになったのは昭和初頭であるから、庶民にはほとんど馴染みがない野菜であった。青い実が太陽の光を浴びて、赤く色付くことなど知る由もなかった。

二つ目は農機具についてである。村一番の豪農は鍋倉の藤谷右衛門さん。彼は村で初めて発動機を購入した人物だ。発動機は揚水や精米脱穀に使われ、そのエンジン音は村の隅々まで響き渡っていた。この発動機の威力は抜群で、大人四、五人分の仕事をこなすことができると聞いて村人は驚いた。そして口々に「金持ぢはえな。羨ましな」と呟いたものだ。

それから三つ目は音楽である。村で一番のハイカラさんは、冷尻の楢岡源八さんである。とにかく新しい物が好きで、当時では珍しいラッパ付の蓄音機が家にあった。蓄音機は明治10年（1877年）にトーマス・エジソンが発明し、日本では三十年後の明治40年（1907年）に日米蓄音機製造会社（現在の日本コロンビア）が国産初号機を製造したとの記録がある。昭和初期には日本各地にレコードと共に浸透していった。源八さんは村人を招いては、お気に入りのレコードを聴かせてくれた。他にもカメラや足踏みミシンなど珍しい物が沢山あり、お邪魔するのがとても楽しかった。

夏場の風景で思い出されるのが、道路一面に敷かれた干し草である。これは何かというと、馬を川に連れ出すための仕掛けなのである。家族同様に育てられていた馬の身体を、川で洗ってやる習慣があるのだが、干し草はその途中で食べるおやつとして準備してある。夕暮れ時に馬主が連れ立って歩く姿は、何とも長閑(のどか)な風景であった。

馬が水浴びしたいならば、子供達も同じ思いである。幼い児は道路脇の田んぼの堰(せき)で、チャプチャプと水遊びするのに夢中だし、少し大きい子供らは堤から流れる小川で遊ぶのが楽しい。ひんやりとした清水の中に、足を入れるのがとても気持ち良かった。タニシやゲンゴロウを捕まえたりして、一日中遊び回っていたものだ。小学生ぐらいになると今度は先輩に連れられて、冷尻集落にある大堤や芋川へ泳ぎに行ったりもした。馬や子供が涼を求める光景があふれていた村の夏。懐かしいあの頃にまた戻りたい。

日々の暮らし

ここは北国秋田。その中にあって、この地方は比較的雪の少ない温暖な地域であるが、日本海から吹き付ける雪には、時に心が折れそうになることがある。北国の冬には、人を寄せつけない厳しさがある。

本格的な冬が到来する前の11月頃になると、各家々では雪囲いの準備が始まる。茅や藁で家の周りを蔽い、風から家を守るのだ。猛吹雪が雪囲いにぶつかると、その隙間から風が抜けてピューピューと音を立てる。そんな時は決まって停電するのだった。電力事情に乏しい時代にあり、余り気にもせず、すぐさまランプやロウソクに明かりを灯す。家にあるランプは「吊りランプ」と称し、持ち運びができて、しかも好きな所に吊り下げることができた。

暖を取るのは近くの山で拾い集めた木のボッコ。ボッコとは木の枝、つまり棒のことを言う。囲炉裏に入れるのは炭ではなく、直接木を燃やす。煙が物凄く立ち昇るが、どの家も天井は高く造ってあり、煙を吸い上げてくれる。この煙には防虫防黴効果があり、茅葺屋根の寿命を長くする力があるとのことで、先人の知恵には感服させられる。

夜になると家族全員が台所の囲炉裏端に集まり、お膳に載せられたわずかばかりのおかずで質素な夕食が始まる。家族団らんの時間はとても大切なもので、父は今年の米の出来高を予想して話して聞かせてくれたり、兄弟達は学校での出来事を銘々に話したりした。食事中、身体の前はポカポカと暖かいのだが後ろの方は寒く、背中を囲炉裏の方に向けることがしばしばだった。

当時使用していた着火剤用のマッチは馬印製が有名であったが、とても貴重で買えず我家は代用品を自分達でこしらえた。作り方は先ず麦藁を乾燥させ、10㎝位の長さに切り棒状に束ねる。残り火で溶かした硫黄に、その棒を浸すとマッチの代用品が出来上がるのだ。火を付ける時は火種を利用して麦藁棒に点火させ、乾いた杉の葉などに着火させながら最終的に木を燃やす。焚き木棚のそばには、数十本の麦藁棒が常に置いてあった。我家に煙草を吸う者はいなかったが、煙草を吸う時は一般的に火石を使っていた。キセルの中の煙草に火をつけるには少々大変であったが、それだけマッチは貴重な代物であり、大事にされていた。

昭和２年（１９２７年）といえば金融恐慌が起こり、銀行の取り付け騒ぎが発生した年である。更に昭和４年（１９２９年）10月に、アメリカで起こった株価の大暴落から世界恐慌が巻き起こり、翌年には日本を始め世界に広がっていった。このように世の中は不安のどん底にあった。

そのような背景もあってか、昭和初期にはまだラジオなどの娯楽は一般家庭に普及していなかった。従って食事が終わるとすることもなく、後は寝るだけであった。寝床は床板の上に藁を引いて、その上にゴザを敷き、綿入りの布団を敷いて出来上がり。丹前に厚手の綿を入れ、袖口を広くした夜具（よぎ）のことを褞袍（どてら）と言うのだが、それを着て上から布団を掛ける。褞袍は事前に囲炉裏で暖めて使用する。当時の寝具としては合成繊維で出来たフランネル毛布があったが、大変貴重で手に入りにくく、ましてや生活が貧しい庶民には到底買うことができなかった。フランネル毛布のフランネルの語源は、英語のブランケットから転じたもので、別名フランケとも言われていた。

我家には寝る前にしなければならない、決まり事があった。それは明日学校に着ていく着物と勉強道具を、枕元に必ず揃えておかなければならないことだ。いざという時のために準備しておくようにと、父からは口癖のように言われていた。災難に対する心構えを躾という形で教えてくれていたのだと、今改めて思う。

父はとても勤勉で、しかも子煩悩なやさしい人であった。趣味と言えるものは特になかったが、歌がとても好きであった。父は少しでも安らかな眠りに誘おうと、子供達に添い寝して、お気に入りの歌を唄ってくれた。とっぷりと首まで布団に入って歌を聴きながら、いつの間にか深い眠りにつくのであった。思い出される歌は何といっても「箱根八里」。この歌は酒が入って機嫌が良くなると、真っ先に唱い出す十八番（おはこ）であった。それと軍歌である「ロシア軍国物語」や、生活の応援歌「日曜日の歌」（明日は日曜　楽しき日～）も唄ってくれた。それから亀田（かめだ）で作られている「軍艦焼き」というお菓子があったが、それをモチーフにした歌「亀田の軍艦焼き」（亀田の軍艦焼き　麦の粉だ～）など、地方の語り歌もいっぱい聴かせてくれた。今夜は久し振りに父を思い出しながら唄ってみようか。

北国の冬は何故か物悲しく、切ないものである。川は凍てつき、雪は深々と降り積もる。村人は静寂に包まれて、じっと春を待っている。音のない世界に一見埋もれているようだが、そこには微かな音を見出すことができる。毎年白いものがちらつき出すと、子供の頃聞いた冬の音がよみがえってくる。

ざぐっ　ざぐっ　ざぐっ
ざぐっ　ざぐっ　ざぐっ
キーンと凍てついた雪道を歩く音
頬を赤らめた子らが徒党をなしてやってくる
息遣いや笑い声が里山を目覚めさせる

きらっ　きらっ　きらっ
きらっ　きらっ　きらっ
雲の切れ間からこぼれる光の音
川面に憩う鳥達がいっせいに舞い上がる

羽音や鳴き声が里山にこだまする

ぎゅっ　ぎゅっ　ぎゅっ
ぎゅっ　ぎゅっ　ぎゅっ
雪原を雪だまが転がる音
夢いっぱいの子らが転がす度に大きく膨らんでゆく
希望のかたまりが村人の心を和らげる

しゅん　しゅん　しゅん
しゅん　しゅん　しゅん
闇夜をさまよう神の足音
空から冷たい粉雪がとめどもなく舞い落ちる
家も寝息も飲み込んで村人を深い眠りに誘う

母は母でとても大変である。子供達が寝静まるまでに食器洗いを済ませ、戸締りと火の後始末をする。火の始末といっても完全に消すのではなく、囲炉裏の真ん中に火種をわずかに残しておくのだ。明日の早朝には一番に起きて、食事の支度をしなければならないからだ。万が一火種を切らしてしまった時は、灰を入れた木箱を持って、近所に貰いに行かなければならない。これは昔から女の大事な仕事であった。それから夜更けまで、針仕事をするのが日課であった。子供のために絣の着物を縫(ぬ)ったり、足袋を繕(つくろ)ったりしていた。寝る間を惜しんで働くことは、昔の人にとっては当たり前であったが、とりわけ子沢山の母は朝から晩まで働き詰めで、人一倍難儀であっただろうと思われる。そう考えると、感謝の言葉しかない。

　山間部に住んでいる大谷村の人々にとって、海は遠い存在である。海で海水浴をするなど、それはもう夢のまた夢であった。それがある時、正夢となったのである。父に連れられ裏山を越え、二時間近く歩いてようやく海に辿り着いた。そこは本荘町(ほんじょうまち)（昭和29年市制施行して本荘市、その後平成17年平成の大合併で現在の由利本荘市となる）北部にある松ケ崎の海岸であった。

　青い海はキラキラと光を反射して、まばゆいばかりであった。私は生まれて初めての海と対面し、今にも昇天しそうな喜びようであった。私と三男の武一(ぶいち)、もう一人は六男の喜一(きいち)であっただろうか。記憶が少し曖昧であるが、いずれにしても三人の兄弟は大はしゃぎであった。砂浜に到着するやいなや、海を目がけてまっしぐら。ところが砂浜は太陽の熱をふんだんに浴び、熱地獄のようになっていた。そうとは知らずに素足で立ち入ったものだからもう大変。足の裏が熱くて火傷しそうになり、自然と急ぎ足になってしまう。慌てて、そのまま海に飛び込んだのだった。

初めての海に興奮し休みなく泳いだせいか、兄の武一が熱射病に罹ってしまった。意識が朦朧としぐったりとした兄を、父が背負っていたことだけは覚えているが、山道をどのように帰ったのか記憶が定かではない。とにかく全員家に戻ることができた。兄の容態が気になるが、我家は貧乏で金がないので医者には行けなかった。安静とばかりに家で二、三日横たわっていたのを思い出す。

兄弟は小さい頃、よく喧嘩をしたものだ。長女のハルと二男の竜一はどちらも負けず嫌いな性格で、一度喧嘩が始まると手が付けられなくなる。今日も奥の間辺りで姉弟喧嘩が始まった。事の始まりは、竜一がハルの髪の毛を引っ張ったのが原因である。ハルも負けじとやり返す。そのうち竜一が逃げまどい、囲炉裏の灰は飛び散るわ、箪笥の上から書物は落ちるわ、茶の間の障子は破けるわで、家の中のあらゆる物が散乱し滅茶苦茶になってしまった。最初は母も真剣に叱っていたが、いつもこんな具合で、叱る気力もなくなり、終いにはあきれ顔であったのを思い出す。

それから長男正一が小学校高学年だった頃のエピソードも面白い。近所のガキ大将の中には豪傑な者がいた。村の豪農である左治衛門さんの息子は、勤勉で優しい父に反して、ずる賢い性格であった。ある時、兄の正一と近くの友人新吉に言い付けて、岩谷の商店に売るために米を運ばせた。その米は左治衛門さんには内緒で、米蔵の隅に隠し貯めていた物だった。それをお金に換え、自分の思いのまま飲んだり食べたりしたそうだ。片棒を担がされた兄達は、少しばかりの駄賃を貰ってとても喜んだようである。

この村は米作りを主体とする農家が多いのだが、規模が小さくそれだけでは食べていけない。女達は副業として野菜や山菜を売る行商で、何とか生計を立てていた。前日に売り物を準備し、夜明けとともに本荘町までの約８㎞の道程を歩くのだった。雨の日も暑い日も関係なく、重たい荷物を背負って歩いて行く。駅前広場の朝市には各村々からの行商人が店を構え、多くの買い物客で賑わう。昼過ぎになり売る物があらかた無くなると、女達はまた列をなして村へ帰って行く。今日の商売の成果などを口々に話しながら、笑顔を見せている。

村人達は本荘のことを町宿（まちやど）と呼んでいた。その昔、江戸時代に本荘藩があった頃、湊は北前船の寄港地であった。子吉川河口の亀田藩の石脇湊と本荘藩の古雪（ふるゆき）湊が川を挟んで整備され、廻船問屋や旅館、料理屋が軒を連ね、賑わいをみせていた。また道路網として、羽州街道、羽州浜街道、矢島街道へ繋がる本荘街道が通っていた。まさに交通の要衝として栄えており、至る所に宿場が設けられていた。本荘を町宿と呼ぶのは江戸時代の呼称の名残であろう。

　本荘藩の藩祖は、元和9年（1623年）に常陸府中藩より二万石で加増入封した六郷政乗（ろくごうまさのり）であった。六郷氏は明治まで11代続いていた。本荘城は別名鶴舞城とも呼ばれ、天守閣を持たない平山城であった。城跡は本荘公園として市民の憩いの場となっているが、土塁や塀が今でも遺っている。

　子供達はそんな町宿の土産を楽しみに待っていたものだ。物売りが終了すると、女達は決まって石脇の諏訪さんの店に立ち寄り、子供のために駄菓子を買うのだった。私が尋常小学校へ入る前のある日、母親に同行したことがあった。店ではかき氷やところてん、豆腐なども売っており、店先の椅子に腰を掛け、それらを食べることもできた。夏の暑い日は打ち水がされ、涼しさが一層感じられた。さて今度は我家に向けての帰り路。重い荷物を背負い、疲れた足を一生懸命動かす。途中、内黒瀬（うちくろせ）の一本杉辺りの木陰で身体を休め、一息ついてまた長い道程を帰るのだった。

　大谷村には父の妹トメさんが住んでいた。小助川作兵衛さんの所へ嫁いだのだが、トメさんは33歳の若さでこの世を去ってしまった。私達が叔母さんの家に遊びに行った折には、いつも顔を隠すように「ハナフクベ」を着用して、食事の支度をしている姿が見られた。

「ハナフクベ」とは由利地方の女性が、農作業の時に日焼け防止のため頭や顔を覆う手拭いのことである。目だけを出して鼻と口を覆う「鼻覆面（はなふくめん）」が転じて、「ハナフクベ」となったとのことである。外での作業ならばいざ知らず、家の中で「ハナフクベ」姿とは一体どういう理由だろうか。顔のあざを隠すためなのか、はたまた顔のむくみを取るためなのか、真相はわからない。若くして逝ってしまったのには、何等かの持病を抱えていたのだろうと思われる。

波乱の幕開け

ここは秋田の海岸丘陵にある山間の小さな村
流浪した先祖が辿り着いた地
南には出羽富士と呼ばれる鳥海山がそびえ立ち
清く流れる芋川が大地を潤す
先祖はこの地に土着して必死に土地を耕した
やがて馬とともに暮らせる安らぎの家を建てた

そこには聖なる花々が咲き誇る

春になると雪柳が波のように枝垂れ
初夏にはさつきが朱赤色に燃え出す
続いて釣鐘状の薄紫に染まる桐の花が
神々しい芳香を降り注ぐ
そんな自慢の我家であった

ある日先祖代々住んできた家が壊されてゆく
北国の厳しい風雪に耐え忍んだ茅葺屋根が剥ぎ取られ
幾つもの歴史の跡が刻まれた大黒柱も倒された
すると日射しは矢のように入り込み
玄関を抜け客間へ
客間から中座敷へ
中座敷から奥座敷へと
奥へ奥へと広がってゆく
まるで身ぐるみを剥がされ辱めを受けているようだった

ある日先祖代々守ってきた家が崩れてゆく

流した汗と涙で得られた土地も借金の形に取られ
つい先程まであったはずの平和な暮らしも失せた
そして家族の大切な思い出が瓦礫とともに押し潰された
この衝撃的な出来事は少年の心を深く突き刺した
まもなく身体のあちこちに痛みが走り
その場に倒れ込んでしまった
悲しみの涙が流れた瞬間
それは波乱の幕開けであった

昭和5年（1930年）の4月、私にとって人生を大きく狂わすような出来事が起きてしまった。何代も続いた我家の土地が売りに出され、家の取り壊しが行われることになったのである。その日父は仕事で不在であったので、母と子供だけでこれから起こることを凝視しなければならなかった。

それは、活動写真のスローモーションでも見ているような映像であった。家の屋根や壁が剥がされて、日差しが突き刺すように奥まで入り込んでいく。古いアルバムを一つずつめくっているかのように、茶の間や台所や土間が次々とあらわになっていく。それから柱が一本、次に一本と倒されて、遂には大黒柱も倒されて、家の形がどんどん失せていく。玩具の積み木が取り崩されるように淡々と進んでいった。私はしばらく言葉を失っていたが、ふと気付いて我に返ると身体のあちこちを殴られたような酷（ひど）い痛みを感じた。突然湧き起こった我家の悲劇。長年住み慣れた家に別れを告げなければならない現実に、私はとても困惑していた。

事の始まりは母の父親、つまり私の祖父である諏訪吉兵衛が「無尽」を立てて失敗し、大きな債務を負ってしまったことにある。その時父が保証人になり、借金を肩代わりしたのがそもそもの原因。祖父が行った「無尽」とは複数の個人や組織が集まり、一定の掛け金を持ち寄って利息を受け取る、庶民金融のことである。祖父は真面目で堅い性格であり、けして酒や女や賭け事に手を出す人ではない。きっと誰かのために、何か目論見（もくろみ）があって行ったことであろうと推察される。

互いに助けたり助けられたりするのが、時代の在り方であった。ましてや親戚ともなれば、保証人になることは致し方ないことであった。諏訪家では田畑や屋敷を売っても借金が払えなくなり、我家にそのまま覆いかぶさった格好である。母の話によれば、実家の借財は赤田の高橋勘三郎さん（母の妹ヒナさんの嫁ぎ先）から２００円、佐藤萬次郎さんより３００円を借りたとされる。代償として支払われた我家の土地は３００円相当であったと聞かされた。

それより一ヶ月前に行われた差し押さえ当日は、朝から二人の執行官が訪れた。人相の悪い強面の彼らは口数も少なく、余計に怖さを感じた。無表情で、差し押さえの札を次から次へと貼っていく。母の嫁入り道具の箪笥や叔父の藤十郎さんから貰った洋式テーブル。父の大切なソロバン道具。先祖を祀ってある仏壇、そして神棚。鍬や鎌、貯蔵箱等の農器具。お膳や食器類まで、ありとあらゆる物が対象となった。母の顔から血の気が引いていくのが分かった。生活に必要な最低限の物はあらかじめ近辺に隠しておいたものの、ほとんどが持っていかれる始末。あまりにも無慈悲な仕打ちに、いったい明日からどう生きて行けばいいのだろうか。神も仏もないというのは、まさにこのことであった。

振り返れば、父の遠い祖先も没落の悲しみを味わってきた。小さいながらも一国の城主であったが、やがて権力闘争に敗れ、同盟を結び、その家臣に下った。更に時代が過ぎ、戦いは利に非ずとして家系を捨て大谷村へ流れて帰農した、そんな過去であった。歴史は繰り返されるというが、またしても我家はどん底に突き落とされてしまった。当時11歳の少年には、余りにも衝撃的な出来事となってしまった。

歴史ある諏訪神社、そしてそれを司(つかさど)る諏訪家の人々も、借金から追われるように大谷から亀田へ、亀田から北海道へと流れ下っていった。新天地北海道での生活は、想像を絶する苦労があったようだ。それでも家族の絆は強く、お互いを励まし合いながら必死に生きようとしていた。しかし家長である祖父は、ある日突然自らの命を絶ってしまった。昭和7年（１９３２年）7月に北海道空知郡で、鉄道自殺による非業の最期を遂げたのだった。まだ59歳の若さであった。家から近い金山小学校下の線路脇で死んでいるのを、新聞配達人が発見したとされる。残された家族の悲しみはとても深く、明日を生きる希望をすっかり失ってしまったと聞く。

私達家族は近くの空き地に掘っ立て小屋を建てて、村民の目を避けるようにひっそりと暮らしていた。日々の食事もままならず、私達はいつもお腹をすかしていた。くず米を粉末にして、すいとんのようにして食べたり、また山から採ってきた葛のつるを煮て、お浸しのように醤油をかけて食べた記憶もある。その上電気もなく、ランプの灯の下で暮らす生活はより侘しさを助長した。この先いったいどうなるのだろうか、子供ながらも先行きが心配でならなかった。

我家の土地は松ケ崎出身の農家、深井太助さんに買ってもらった格好となる。深井さんはとても面倒見のいい、やさしい人であった。家や土地を失い失意のどん底にあった父母に、いつも優しい言葉をかけてくれた。その深井さんも苦労した人間であった。彼には先妻との間に三人の子宝があったものの、病弱のため三人とも早世してしまう。先妻は悲嘆にくれる毎日であったが、とうとう気が触れてしまい、寒い冬の朝に沼に入り、帰らぬ人となってしまった。それから岩谷の庄兵衛さんから後妻を招いたものの、これもまた病弱で間もなく死んでしまう。深井さんは来る日も来る日も悲しみに埋もれ、深く心を閉ざしてしまった。誰が訪ねて行っても、家からの応答はなかった。

だがある時、ある事をきっかけに表に出てくるようになった。それは子供達の歓声である。5月の住吉神社の例大祭の日だった。楽しそうな子供の声に誘われるように、ついに家から飛び出してきたのだ。子供達から明日へのエールを貰ったようだった。停止していた呼吸を取り戻すように大きく息を吸い、春の風を思う存分に味わっていた。

それからというものは必死に再起を模索して、その結果実子の代わりとなる養子を貰うことにした。最初、金次郎という名の青年を養子に迎え入れたが、農作業をさぼってばかりいて満足せず、直ぐに里に帰してしまった。今度は母の弟でもある岩谷（いわや）麓（ふもと）の由蔵さんを養子にし、鈴木弥市さんの娘を嫁として迎える事になった。この養子縁組が功を奏し、深井さんは次第に元の明るさを取り戻していくのだった。

その頃妹で二女のハナは、深井さんからとても可愛がられていた。ある夏の日にはよちよち歩きのハナに駆け寄り、笑みを一杯浮かべてマスコット人形を抱くように愛撫する姿があった。また建国記念日には、プレゼントとして玩具の木馬を頂いたりした。深井さんにとって子供は生きる望み、そのものなのだろう。そのハナも病弱で、わずか一歳半でこの世を去ってしまった。

　深井さんは私達家族にとっての救世主。本当に何から何まで面倒をみて下さった。父は天理教へ入信するきっかけを与えてもらい、勧めにより奈良県天理市にある天理教校に六ヶ月間の修行をした後、晴れて信者となることができた。戻ってからも修行にいそしむ毎日を送り、母も父からの指導を受け修養に努めた。

　そもそも秋田に天理教が伝道されたのは明治20年（１８８７年）頃とされ、東北では最も早かったようである。本荘町の佐藤嘉右衛門（かうえもん）は東京真明組（現在の東大教会）の布教師から話を聞いて入信したとされ、明治33年（１９００年）には現在の由利分教会を設立したと言われている。このように本荘には立派な教会があり、布教活動も盛んに行われていた。


　保証人になったばかりに、火の粉が飛び火して生じた我家の不幸。田んぼや土地を売り、家も取り壊される始末。覚悟していた事とはいえ、その無念さを振り払おうと藁にも縋る（すがる）思いで、父は天理教に救いを求めたのだった。しばらくしてから横田教会長や高山長助さんを頼りに、本荘町への移住計画を立てることになった。

　手始めは家族皆の職を探すことであった。長男正一は奉公人として左治衛門さんの所に行っていたのだが、今後は教会に寝泊まりしながら、郵便局の集配手として働けることになった。二男竜一は本荘町の大正堂菓子店へ勤め、三男武一は湯屋兼理髪店へ勤めることになった。長女ハルは赤田へ奉公に行っていたので、そのままで家族と別れて暮らすことになった。それぞれに段取りを付けた後、最後に父が郵便局の保険集金人として働くことを決めた。就職が決まった翌日から本荘までの長い道程を歩いて通い、無我夢中で働いた。そんな生活が一年も続いたのだった。

子供達はいつも、父の帰りが待ち遠しかった。家を取り壊す前であったので、我家にはまだ馬がいて、父の気配が近づくと嬉しげないななきで帰りを知らせてくれた。馬は人の気配を遠くから察知し、人と通じ合うことができるのかと感心したが、それ以上に子供達の方が嬉しかった。何とか皆で力を合わせ、我家の再建に動き出すことができ、母はとても喜んでいたようだった。

ハルと正一が勤めた奉公人とは、いったいどのようなものであろうか。奉公人制度は諸外国では、17世紀アメリカ南部のタバコ農園で行われたのが最初である。日本では封建社会の武士の間で、家来が君主に尽くす主従関係を指すものであったが、江戸時代になると、庶民の間でも雇用関係を結ぶことが多くなった。その雇用関係を奉公と言い、働く人を奉公人と呼んでいた。

また奉公する期間により分類され、終身奉公と年季奉公、出替(でがわり)奉公、更に日傭(ひよう)取りに分けられていた。終身奉公とは文字通り、生涯を通じての奉公であり、年季奉公とは一年を超える年数を決めて奉公するもの、出替奉公は一年または半年間の奉公、日傭取りは一日や短期間の労働であり、これは現在の日雇労働に繋がっている。

大谷村での奉公といえば出替奉公が主流で、主に豪農の農家で働くことが多かった。青年男子を「ワカゼ」、女子を「メラシ」と呼び、2月末日の一年更新で契約が取り交わされる。対価は米で支払われ、男子は4斗入（1斗は1升の10倍、つまり40升）で5俵から8俵、女子は4斗入で3俵から4俵が、それぞれ実家に支給された。

男子は部落長（親方）の小屋に寝泊まりし、そこから使用人宅に向かい農作業を手伝う。食事は使用人宅で供される。ちょっと具合が悪い時には小屋で休むことになるが、心配な時は使用人側が気を遣い小屋まで食事を運ぶこともあった。女子は基本的に使用人宅に住み込み、家事や農作業の補助をして働く。

時計が高価で買えない時代でもあり、農民の作業合図は汽車が通過する時刻を起点とした。仕事の開始、一服や昼食休憩、終了の合図は全て汽車の通過時刻を頼りにしていた。

第三章　さすらいの風

新天地へ

新しい生活を始める前に、とても幸先のいい出来事があった。それは本荘町にある由利橋の落成式である。昭和６年（１９３１年）６月のことであった。明治23年（１８９０年）９月に造られた木橋は五年経って一度、架け替え工事が行われたのだが、昭和４年（１９２９年）の子吉川洪水で流失してしまった。その後二年の歳月をかけて鋼鉄製のモダンな橋に生まれ変わったのである。

地域住民が挙（こぞ）って祝福する陰で、工事完成目前の１月に大きな事故があったことなど、大谷村の住人には知る由もなかった。かなり後の新聞記事で知ったのだが、とび職が工事現場の橋から転落し、頭部三箇所に重傷を負い、川藤病院に担ぎこまれたと記してあった。原因は午前10時頃に発生した地震によるものと判明した。しかもその地震は、歩行者に感ずる程度の地震であったと知って二度驚いた。

そんな事故があったことなどお構いなしに、当日は遠方から多くの町民が橋のたもとに集まった。私は約８㎞離れた大谷村から友達と連れ立って、はるばるやって来たのだった。その頃はまだ車も少なく、誰もが平気で長距離を歩く時代であった。私達が到着すると、そこは既に人の波。鍛冶町（かじまち）から石脇新町（いしわきしんまち）へ足を進めると、道路両側には屋台がズラリと並んでおり、お祝い気分が充満していた。新しいものへの憧れなのか、そこには熱気と興奮が渦巻いていて人々の目は一様に輝いていた。しばらくすると、由利橋上空を祝賀飛行の複葉機が飛んで行くのが見えた。行く先は本荘浜方面のようであった。今度は着陸している複葉機を一目見ようと、子供や若者達が浜の方へ大挙して流れて行った。

その年の秋口、いよいよ私達家族は大谷村から本荘町へ引っ越すことになった。母と私、六男の喜一と三女のミチ、七男の雄一(ゆういち)の五人は、力を合わせ荷車で荷物を運んだ。本荘には希望の光があり、どん底生活から這い上がることができると信じて、意気揚々と向かうのだった。住まいは本荘町谷山小路(たにやまこうじ)にある天理教横田教会長さん宅の一角を借りることになった。

慣れ親しんだ大谷村を捨てて、本荘町にやって来た。これから教会での新しい暮らしが始まる。隣近所は知らぬ人ばかり。当然のように父母にしてみれば一大決心であったに違いない。次の日から父は死に物狂いで、教会の仕事に専念した。朝早く起きて神殿や廊下の掃除をし、夕方までお勤めをした。夜の食事が終わり、皆が風呂に入り終わった後、風呂場の掃除をしてから、ようやく自分の身体を洗うのが常であった。当たり前であるが、私達子供も教会のルールに従って生活しなければならなかった。

その頃横田夫妻には子供がおらず、信者である西目の喜代治さんを養子に入れることになった。しばらく私達と一緒に共同生活を送った。教会長さんは養子を早く一人前に育てようとする余り、厳しさが先行したようであった。当の喜代治さんはそのプレッシャーに押しつぶされそうになり、口数もだんだん減っていくのが分かった。父は必死に慰めようとしていたが、ある日突然、喜代治さんは教会を去って行った。

今回の移住をきっかけに、人間の持つ冷淡さと希薄さを知ることになってしまった。人が困っている時は助け合うのが普通であろうと思う。まして親戚であれば、尚更である。近くに住む小助川久一さんの妻トヨさんというのは、実は父の姉である。ところが本荘へ転居する当日になっても、見送りすらしてくれなかった。そして優しい言葉の一つもかけてはくれなかった。隣近所から聞こえてきた話では、「まんず、たまげたなあ。おらえさ、いぐどもなんも話ねがったよ」と素っ気ない話しぶりであったと聞く。恐らく隣近所の手前、自分は借金にまつわる一連の騒動に関係ないことをアピールしたかったのだろう。

それにしても酷い仕打ちではないだろうか。息子の金治と正治らが問題を起こした時に、わざわざ警察署に出向き、身元引受人となったのは父である。そんな恩義のある人への言葉とはとても思えない。父の落胆ぶりは相当なものであったであろう。見捨ておけない立場であったはずの義姉の言葉に、強い不信感が湧いてしまったと、母が後々に話してくれた。

引っ越しから数日後、信じられない出来事が起こった。それは猫。三毛猫のタマが起こした奇跡である。我家は生き物好きで、馬や山羊や鶏も飼っていた。タマもその一員であった。タマはとても人懐こく甘えん坊。しかも狩りが得意で、よくお土産を家に持ち帰る。鼠や蛙などを捕まえては口にくわえ、自慢げな顔をして見せる。まだ幼かった三女のミチは慌てて目を背けるが、しばらくするとタマとじゃれ合って遊んでいる。そんな愛くるしいタマは家族皆のアイドルだった。

引っ越し間際に馬は売りに出し、山羊や鶏は近所の人に譲ったり、食べたりして一切処分してきた。ところがタマだけは最後の朝まで一緒だったこともあり、当日、そのまま大谷村に置き去りにせざるを得なかった。タマのことはとても気掛かりではあったが、教会に一緒に連れて行くことはできなかった。タマは何かを察したように、私達の後ろ姿を見つめたままじっと動かなかった。私達は後ろ髪を引かれる思いで大谷村を後にした。

しかしそのタマが、遠く離れた本荘町の教会にひょっこり現れたのである。おそらく数日間は何も食べてはいないのだろう。身体はやせ細り、足取りもおぼつかなかった。何処をどのように追いかけて来たのだろうか。何故ここが分かったのだろうか。

私達の謎はつきなかった。

そもそも猫は帰巣本能が強い動物であり、家は覚えていて帰ることがあっても、犬のように人間の匂いをかぎ分けて探すことはできないはずである。何者かが猫に憑依して、私達を守るためにやって来たとしか考えられない。遠い祖先の誰かが、化身となって現れたのではないだろうか。不思議なことが起きるものだと、家中、びっくり仰天！　それにも増して、三女のミチは飛び上がって喜んでいたのを思い出す。三毛猫のタマは私達に幸運を運んでくれるような気がしてならなかった。

私はその年の9月に本荘町男子小学校へ転校した。6年梅組に編入となった。学校は教会からほど近い鶴舞公園前にあった。公園へ通じる蓬来橋を渡ると直ぐに正門があり、右側が男子小学校、左側が女子小学校となっていた。別科として男子小学校には実業補修学校が、女子小学校には家政科学校が併設されていた。学校建物の前には奉安所があった。この奉安所は戦前の教育の一環として、天皇の御真影と教育勅語を安置し、奉じる場所として各学校の敷地内に造られたものである。学校の門をくぐる時は、最敬礼をして入るのが決まり事であった。

今でもはっきり覚えているが、校長は川上先生といって片手が不自由な人であった。確か右手首から先がなく、板書は左手でしかもきれいな字で書いていた。何でもかなり以前に起きた、岩谷鉄橋での列車事故が原因であると聞いた。そんな苦労人である先生から学べたことは、後々の私の人生に大きな影響を与えてくれた。

田舎の学校から町の大きな学校へ移るということ自体、相当のプレッシャーであった。皆からは好奇の目が向けられ、毎日のように緊張と不安が心の中で交錯していた。案の定、その不安が的中してしまった。少しして石脇から通っている者達から、いじめを受けることになった。昼休みや放課後に校庭に呼び出しをくらい、四、五人に囲まれた。そして理由もなく、小突かれたり足蹴にされたりした。私は我慢がならず、力一杯の抵抗を試みたが多勢に無勢（ぶぜい）であった。

だが一方的な暴力ではなく、手加減はされていたような気がする。いわば縄張りを誇示し、あわよくば仲間に入れたいだけなのだ。今とは違って陰湿的なものではなく、それがかえって良かったのかもしれない。取っ組み合いの喧嘩をしたことで絆が強まり、いじめも直ぐに収まった。他に友達もできて、学校生活はとても楽しいものとなった。

この頃は遊びが第一、勉強は第二に考えていたように思うが、今更ながらに勉強不足だったと後悔するのである。尋常小学校もあっという間に終わり、無事に卒業を迎える日がやってきた。母校の体操場で式典が催され、卒業生一同で「蛍の光」と「秋田県民歌」を唄ったのを思い出す。「秋田県民歌」は昭和５年（１９３０年）に制定され、戦前では山形県民歌や長野県歌と並ぶ三大県民歌と称され、県民の行事には欠かせない歌となっていた。目には一杯の涙を浮かべて、友達との別れを惜しんだのだった。

横田教会長さんにはお世話になりっぱなしだった。途方に暮れた私達に救いの手を差し伸べてくれたことには、とても感謝している。ところが時間が経つにつれて教会長さんの態度が一変し、苛立ちの表情を見せるようになってしまった。原因はやはり私達家族である。急に降ってわいた存在が、生活のリズムを狂わせたからであろうと思われた。その苛立ちを隠そうとして、更に余計に気を遣っているのが子供の私にもわかった。そして段々と意地悪な態度へと変化していくのであった。

ある朝私は、教会長の奥さんに元気よく挨拶をしたのだが、聞こえないふりをされたことがあった。また時には家族の洗濯物が無くなることもあった。二、三日すると無くなったはずの洗濯物が増えている。極め付きは、ご飯の量が減らされるようになったことである。私達家族用のお櫃（ひつ）があり、奥さんがあらかじめ準備してくれるのだが、最近明らかにご飯の量が少なくなっている。

私も居心地が悪くなり、次第に窮屈（きゅうくつ）に感じるようになってしまった。学校が終わっても真っ直ぐ教会へは戻らずに、寄り道して帰ることが多くなった。私達家族に対する優しさはいったい何処へ行ってしまったのだろうか。父母は私以上に敏感に感じていたはずであり、さぞかし居づらかったであろう。

とうとう我慢も限界となり、田町（たまち）の借家に転居することを決めた。しかしそこも住んでみると、大家族にはちょっと狭過ぎたのである。子供も多く、居場所や寝床を確保するのもやっとであった。兄正一が直に結婚することもあって、今度は同居を前提に中堅町（なかだてまち）に一軒家を借りることにした。しばらく住んでみたものの、大人数の同居で生活費は嵩（かさ）み、家賃の支払いが大変となり、これもまた明け渡すことになってしまった。思い通りにいかない日々が続き、父は苦労の連続であった。

流転の時

若い頃の私はどこか飽きっぽいところがあった。それに我慢することが嫌いで、物事は自分の都合いいように解釈してしまう。良く言えば楽天的な性格であった。従って職業に対するこだわりは全くなく、風に流されるようにあちらこちらと渡り歩くのだった。

尋常小学校を卒業した後は、二年間高等小学校で学び、昭和9年（1934年）4

月に青年学校に入学した。青年学校とは高等小学校を卒業した後、中等教育学校（中学校、高等女学校、実業学校）に進学せずに、勤労に従事する青少年のために社会教育をする場であった。

就職は美倉町（みくらまち）にある太陽堂書店に店員として勤めた。古本屋を選んだのは単純に本が好きだったとの理由からであるが、わずか15歳の若者が直感で選んだ初めての仕事でもあり、勝手が分からず面白味も湧かないまま、わずか一ヶ月足らずで辞めてしまった。

次いで何をしたかというと、今度は郵便局の電報配達手（略して電配手と呼ぶ）をすることになった。昭和55年（１９８０年）までは一般的に、電報の受付や配達業務は日本電信電話公社で行っていた。しかし地域によっては、郵便局や農協、ＪＲ（旧国鉄）などでも行うことができた。

その当時の本荘町では郵便局が担当しており、電報業務として全員で七名が働いていた。局長の下に、電配手は私を含めて三名、電信係が女性二名、男性一名の計三名であった。一日の電報受付件数は１２０件余りで、主に米屋、魚屋への配達が多かった。昔は電話の通話料が高かったこともあり、電報を注文のやり取りに利用していたのだ。配達範囲はおよそ一里（４㎞）以内の所を自転車で配達するのだが、道路事情が悪い上、昼夜を問わずの仕事ということもあってとても大変であった。

ある夜に火葬場への電報配達があった。本荘町の火葬場は、人里離れた深い森の中にある。とても薄気味が悪く、一人では心細いので父に同行をお願いしたことがあった。また大型犬のいるお宅への配達もあった。確か藤崎（ふじさき）の工藤さんというお宅であったと思うが、急に吠えられて腰を抜かしてしまったことがあった。犬嫌いの私にとって、それ以来鬼門な場所となってしまった。工藤さんへの配達は別の人に頼むことも何度かあり、その度に「このじくなし！」（秋田弁で意気地なしの意味）と言われながらも、照れ笑いでごまかすしかなかった。

悪天候の大雨であろうと大雪であろうと、配達業務に休みはなかった。しかも当直業務が五日毎にあり、輪番制となっていた。配達が多い日に当直業務があると、思わず朝から溜息が出てしまう。何故なら宿泊場所は郵便局の裏手にあり、鳥小屋と見間違うような狭く粗末な建物に泊まることになる。しかも夜中電信音が鳴り止まず、睡眠はほとんど取れなかった。夜遅くまでの業務がやっと終わると、当直同士で夕食兼酒飲みが始まる。夕食は当然自炊であるが、冬は鍋焼きうどんやしょっつる鍋、豚汁を作って食べたりした。酒の一升瓶が何本か確保されていたが、なくなると下っ端の私はよく、近くの大川酒店に買いに行かされたものだ。規則違反であるが、約２㎞離れた古雪（ふるゆき）まで食材や酒の買い出しに出掛ける職員もいた。とにかく当直業務は疲れがたまる一方で、いつも嫌なものであった。

業務で使用する自転車の修理や購入は、指定の自転車店で行う。それは中横町の紺野自転車、佐川自転車、幸輪社の三軒だった。毎日相当な距離を配達するので、パンクしたり、部品が壊れたりすることが多かった。その都度修理を依頼しに行くのだ。

いくら若いといっても、体力的には限界に達していた。毎日の配達が辛くなり、我慢して働く元気もなくなり、昭和13年（1938年）3月に四年程勤めた郵便局を退職することにした。郵便局は公務員並みに給与も安定していると思われたが、当時三等局、いわゆる請負局に指定されていたので退職金は一銭も貰えなかった。

そもそも日本の郵便事業は明治4年（1871年）に始まった。郵便取扱人を各地の有力者から採用し、準官史として高い社会的地位を与えたのが始まりであった。郵便取扱所は明治14年（1881年）に郵便局と呼称され、その際一等から三等までの三等級に区分された。郵便局全体の9割を占める三等郵便局は請負経費制度により、あらかじめ一定額の経費を支給され、職員の給与などはその中でやり繰りするシステムであり、経営はとても厳しいものがあった。

郵便局を辞めた後の5月には、大正堂菓子店に就職することが決まった。既に兄の竜一が勤めており、東京の目黒にある東京ベーカリーという所に洋菓子作りを習いに行く予定で、近々辞めることが決まっていた。私はその後釜として入ることになったという訳だ。動機は余りにも単純な理由であった。単に甘い物が食べたいのが本音であり、技量のあるなしは二の次であった。両親も余り賛成しなかったが、何処まで出来るか自分を試すような気持ちで、即座に奉公勤めを決めてしまった。

さてそれからが大変。朝４時、５時のまだ薄暗いうちから、お菓子作りが始まる。それが終わると、今度は遠く西目（にしめ）方面まで配達に行かなければならない。夏は汗だくになりながら重いリヤカーを引かなければならない、とても辛い仕事であった。売れ残りの団子や饅頭を店に内緒で家に持ち帰り、皆に食べさせることができたので兄弟にはとても喜ばれた。ところが最初は好物であった和菓子が段々と嫌いになり始めた。もちろん仕事の辛さがあってのことだが、三ヶ月余りで辞めることにした。何と無謀にも、店主に挨拶することなく、無言のまま立ち去ったのである。

またまた私の弱い心が鎌首をもたげてきてしまった。一時は心の弱さを大いに反省したものの、すぐさま自分の可能性を探す旅に出てみたいと思うようになっていた。

放浪の旅

青っぽい少年の想いは

里山から吹く風に
浮かんでは沈み
沈んでは浮かんでみたが
引力の法則には勝てず
川原の土手へと落下し
無残にも砕け散った
自分の無力さと
この世の儚さを憂い
ひとつの大きな決断をした
戸惑いの秋が来る前に
自分自身を探すため
遠く離れた地へ放浪の旅に出よう

昨日と今日の
そして今日と明日の
時間の結び目を解くため
春と夏の

そして秋と冬の
季節の境目を探すため
真実と虚偽の
そして理想と現実の
成り立ちを確かめるため
得体の知れぬ地へ
辛く険しい放浪の旅に出よう

小さな村を追われ隣の町へ歩み出したものの、中々上手くいかず、自分の居場所はもっと別の所にあるのではないかと思うようになった。「井の中の蛙大海を知らず」という諺（ことわざ）があるように、狭い世界に閉じこもっていては、自分が駄目になるのではないだろうか。戸惑う若者は必死になって、きらめく情報を探し求めていた。ある日遠くにいる友人との手紙のやり取りが、思わぬきっかけを生むことになる。

日役町（ひきじまち）の佐藤さんは、郵便局で一緒に働いていた元同僚である。私より一つ歳上の先輩で、仕事や生活面での悩みなど色々と相談に乗ってくれる優しい兄のような存在であった。郵便局を辞めてからも、手紙で近況を知らせたりして連絡を取り合っていた。今は遠く離れた横須賀で商店員として働いているそうだ。その先輩の便りには、軍港の街である横須賀の風景がまざまざと、しかも鮮やかに記されていた。きっちりとした折り目のある手紙からは、軍艦から立ち昇る煙の匂いや潮の香りが弾け出てくるようだった。おぼろげに都会への憧れを抱いてはいたものの、そのきっかけをつかめないでいた。たちまち、満ち足りた高揚感に包まれて「あっ、俺が行くのはここだ。この場所しかない」と、直感したのだった。先ずは旅行に行くような軽い気持ちで、行動を起こした。

その年の8月のお盆休みを利用して、佐藤さんに会いに横須賀へ行くことにした。ところが決行の当日は運悪く、大正堂菓子店の姉さんとばったりと出くわしてしまった。その場所は、まさにこれから旅立とうとしている羽後本荘駅のプラットホームである。秋田方面から乗車したであろう姉さんが、ホームに降り立ち歩き出した瞬間に、ちらりとこちらを窺（うかが）った。ついこの間まで一緒に働いていた人間を姉さんが忘れるはずがないのだが、大きな葛籠（つづら）（葛籠とはツヅラフジのつるで編んだ蓋付きのかごで四角い衣装箱のこと）の荷物を背負った若者は素知らぬ顔をして通り抜けようとしていたのだ。一瞬姉さんがこちらを振り返ったようにも見えたが、過去を断ち切るために列車に夢中で飛び乗った。初めての旅立ちはハラハラ、ドキドキの幕開けであった。何かこの先の不安を予感させるような出来事でもあった。

象潟（きさかた）を過ぎる辺りまで色々な思いが過った。家族、一人ひとりの顔が浮かんでは消え、消えては浮かんだ。これから都会で生活していけるのだろうかとの不安も襲ってきた。しかし根っからの楽天家である私は、いつの間にかそんな事も忘れ横須賀へと思いを馳せていた。翌朝列車は上野に到着し、直ぐに横須賀へと向かった。その日の横須賀は格別の暑さであった。

遥々（はるばる）秋田から出てきたからには簡単には戻れないと思い、職探しをすることにした。幸いにも佐藤さんの紹介で、横井製氷店に勤めることになった。暑い季節に最も需要のある氷とアイスクリームを売る店であるが、坂道の多い横須賀の街を配達するのはとても重労働であった。何と自転車の荷台に氷半分（14貫＝52・5kg）を載せて配達するのだから、運転するのもやっとであった。大変な毎日の連続であったが、若さゆえ、苦労も我慢できたようだ。

我慢ができたもう一つの理由は、故郷に愛おしい存在がいることも大きな力となっていた。名前をアヤという。アヤとは郵便局の電配手の時に知り合った。自宅に何度も配達に行く度に、笑顔を振りまいて受け取ってくれる娘に心惹かれたのだった。アヤは由利町俵巻（ゆりまちたわらまき）の高柳重高（しげたか）とカヨの四人兄弟の長女として、大正11年（１９２２年）7月10日に生まれた。高柳家は代々農家であるが、当時は馬喰（ばくろう）も兼業しており、子沢山の楢岡家よりは裕福な家庭に育っていた。

都会生活の中で急に寂しさが募ると、アヤに手紙を書いて気分を紛らすのだった。そのうちどうしても会いたくなって、横須賀に呼び寄せてしまったことがあった。秋田から東京方面への移動は容易なことではなかったはずなのに、アヤは私の我儘(わがまま)に素直に応えてくれた。限られた時間を惜しむように、暗くなるまで横須賀の街をそぞろ歩きした。当時は戦時の灯火管制下にあり街はとても薄暗かったが、二人の愛の炎で港の船は明るく輝いて見えた。会えなかった時間を埋め戻すように、お互いの明日を語り合った。私にとって、アヤはなくてはならない人であった。

朝露に濡れし　あさがおの
夕べの夢　醒めやらず
花弁つたう　雫にゆれる

ひといきに咲きし　あさがおの
煌(きら)めく瞳　狂おしく
光みなぎる　朝にはえる

艶(あで)やかに彩られし　あさがおの

赤き唇　愛おしく
優しくなぞる　指にたゆむ

暑い夏があっという間に過ぎてしまった。ふと冬のことを考えた時、氷とアイスクリームを扱うこの店で働いていてもいいのだろうかと疑問符が湧いてきた。実は以前に同業者の店主から、仕事への誘いを受けていたのであった。夏は氷を扱い、冬は石炭や練炭などの燃料を売る荒井万太郎商店である。店は横須賀にほど近い佐野町（さのちょう）にあり、仕事内容と町の雰囲気が気に入り、二つ返事で10月から勤めることになった。仕事も軌道に乗り、ようやく休日を楽しめるようになった。

軍港の街には色々な風景がある。駅から少し歩くと、戦艦三笠が仁王立ちして出迎えてくれる。その周辺には、それよりも小さい艦船があちらこちらに鎮座している。夜になり高台に上がると、かすかに赤い灯台の光だけが暗い海を照らしているのが見える。

それから近くにはたつみ屋デパートがある。ここはいつも賑わっていて、よく立ち寄ったものだ。当時は高級品であったバナナや珍しいお菓子を買い求めては田舎に送り、すると妹達にはとても喜ばれた。また自分のために流行りのトランクケースを購入したりもした。平成の今でも老舗のデパートとして存在しているらしいが、懐かしい青春に会えるならば是非訪れてみたいものだ。

晴れた日には自転車で浦賀方面や三浦半島まで出かけたりもした。潮の香りが漂う国道沿いを走るのはとても爽快で、気持ちが一気に安らいだ。繁華街があちらこちらにあり、昼時にもなると飲み屋や料理屋は海軍や陸軍の軍人でごった返し大盛況であった。

横須賀の坂本町(さかもとちょう)には重砲兵連隊があり、憲兵や警ら隊などが物々しく警戒にあたっていた。勿論、一般人が中に入るのは禁じられていたが、一部の取引業者だけが許されていた。ある時、知り合いの業者と一緒に練兵場に入ることができた。その業者とは残飯食を回収する業者である。練兵場から宿舎の食堂裏口に向かうと、沢山の残飯が残されていた。残飯も上中下があり、上となれば買い手がつき、残りは豚の飼料として使われるそうだ。残飯をそのまま捨てるのはもったいないとは思ってはいたが、それぞれに処理方法があることを見聞した。

仕事での実力が認められ信用を得るようになってから、店主の話をじっくりと聞く機会があった。その内容によれば店主の父親が庭師であり、とても忙しく、人の手が不足しているとのことであった。誰かいい人がいないかと問われたので、急遽(きゅうきょ)一番上の兄の正一に声をかけ、手伝ってもらうことにした。当時兄は九州で働いていたが、辛い仕事の割には給金が安く不満に思っていたとのことで、直ぐに快諾の返事があった。それから程なくして妻を連れ、横浜で暮らすことになった。兄は横浜から横須賀まで、電車で通う毎日であった。

しかし経験がものをいう植木職人。数ヶ月働いてみたがうまくゆかず、とうとう辞めることになってしまった。当の私も兄を紹介した手前、荒井商店には居づらくなり、退職を決意した。仕事も大分覚え、これからもっと店主の期待に応えようとしていた時であり、本当は辞めたくはなかった。またしても振り出しに戻り、職を転々とする状態となってしまった。兄の方は自力で仕事を探し、横浜にある化学肥料メーカーの日東化学へ勤務することになった。

仕事を辞め横須賀を出る前に、弟の喜一を呼び寄せて一緒に暮らした時期があった。彼は直ぐに横須賀で働くことにした。しかしわずか数ヶ月も経たないうちに、徴用を受け海軍工廠で徴用工として働くことになった。海軍工廠の前身は明治４年（１８７１年）に帝国海軍が所轄した造船所であり、明治17年（１８８４年）に組織改編により、多くの艦艇を建造する場所として誕生した。昭和15年（１９４０年）には改組、改称されて海軍航空技術廠という名称になった。

海軍で思い出されるのが、本荘町出身で尋常小学校同級生の植田正雄君である。横須賀に来て間もない頃、佐藤さんを介して衣笠山公園で再会することができた。彼は海軍飛行予科練習生、通称予科練の横須賀海軍航空隊に所属していた。水兵服を着た彼はさっそうと現れたが、面影は昔のままだった。懐かしい同級生との再会に、時の経つのも忘れて思い出を語り合った。長い時間の空白を一つひとつ埋めるように友好を深めた。別れ際に写真を一枚貰って、さよならをした。手を何度も振って別れを惜しんだのだが、残念なことに彼と会うのはこれが最後となってしまった。彼は特攻隊として、南方の海に藻屑（もくず）となって消えてしまった。

私は横須賀を出て、今度は横浜の神奈川区に拠点を移した。昭和14年（１９３９年）６月に、浅野造船所神奈川ドックで組立工として就職することになった。船の外板修理が主な業務であり、巡洋艦日進や重巡洋艦高雄、輸送船図南丸（となんまる）や捕鯨船などの有名な船の修理を行ったりもした。高所での作業であり、今思うとぞっとするぐらい恐ろしい気分になるが、若い気力で仕事に励んだ。

しかし時々立ちくらみをして、危険な目に遭う場面が何度かあり、職を変えざるを得ないとの考えが強くなってしまった。一つのことを最後までやり遂げることができない自分が、とても情けなかった。故郷の両親に合わせる顔などなかった。どんなに詫びても許してはもらえないだろう。だがしかし、私はここを望まない。職場の上司には何も告げずに立ち去ることにし、またしても退職の道を選ぶことになった。

その頃、二男の竜一は横浜市中区の長者町にある日日製粉に勤務していた。行く宛のない私は兄を頼り、いつしか家に転がり込んでいた。日中することもなく、街をぶらついては暇を潰していた。近くには山下公園や本牧山公園、元町公園などがあり、中華街も大変な賑わいであった。元町商店街の中に入り、新しい生活のために必要な物を物色した。無職の自分には貯えが乏しく、結局古道具屋に行き家具や戸棚、アイロン、時計等を安く買い揃えることにした。

しばらくして兄は日日製粉を辞め、日本郵船に就職することになった。以前から客船のコックがしたいという希望を抱いていたのだ。船に乗って海外のあちらこちらを旅するのが夢でもあった。当時の日本郵船といえば客船サービスは世界トップクラスで、帝国ホテルや精養軒と並んで日本の洋食の源流と評価されていた。料理人を目指す者の憧れの場であった。

そこで早速秋田から妻を呼び寄せ、横浜で暮らすことになった。しかし定住先はなく日宿を転々とする毎日だった。その日の宿銭を払っては、仕事場に向かうという有様であった。まさにその日暮らしの無謀な行動であったが、巻き込まれた妻にとっては憤懣やる方なく、それでも耐え忍ぶほかなかったのだろうと思われる。

この頃の人々の暮らしは、混沌とした渦の中にあったような気がする。渦の中でもがき苦しみ必死に答えを探している、そんな時代であった。私を含めて人々の歩みは横浜から子安（こやす）、生麦（なまむぎ）を抜けて、川崎へと続き、それからその先にある東京に向かっているように思われた。時代の潮流は正に東京にあった。東京には夢と希望が広がっており、安らかな暮らしがあると。実際、私達兄弟も秋田の田舎からここまで辿り着いたように、人々の熱いエネルギーは確かに東京に注がれていた。

第四章　風雲の風

大空への憧れ

これまで時代の波に流されるままで、羅針盤の方角はいっこうに定まらなかった。しかも流されやすい性格も災いして、あちらこちらを漂うように彷徨っていた。ところがある日、直感的に東京へ向かおうと考えた。東京へ行けば、きっと何かをつかむことができると信じて止まなかった。偶然も重なり中島飛行機への就職を契機に、夢に向かうことができた。少年の頃本荘で見たあの複葉機。大空を翔る飛行機への憧れが、いつしか現実のものに変わってゆくのをまざまざと感じていた。

群青の空の中へ
おまえは翼を広げて
ゆっくりと舞い上がる
急な追い風にも
めげず舞い上がる
群青の空の中で
風を巧みに操って

一心不乱に飛びまわる
大きな弧を描いて
喜びの世界を飛びまわる

あまりにも
不穏な空気と光の中で
それは確かな輝き
あまりにも
目まぐるしい時の流れの中で
それは希望の光

なんの前触れもなく
一群(ひとむら)の雲の中へ
おまえが吸い込まれてゆく
一瞬見失ったものの
息を吹き返すように
生物のようにうごめいた

胸の高鳴りに合わせて
流れる赤い血筋のように
熱く激しく怪しげに

だがしかし
次の瞬間から
何もかも当然のように
うそぶいて飛んでゆく
何もかも当然のように
いみじくも飛んでゆく

長い沈黙の中から見つけた
ほんとに初めての感性
たちまち思考は停止して
すっかり心を奪われた

ああ、その雄々しさよ

なんという麗しさよ
幸福の風をはらんで
私の心の中で
いつまでも飛んでおくれ

昭和14年（1939年）9月、横浜市神奈川区の職業安定所に職を探しに行った。ちょうど運よく、中島飛行機武蔵野製作所からの求人があり、旋盤工として見事採用されることになった。当時中島飛行機は日本を代表する航空機、航空エンジンメーカーであり、憧れの戦闘機「隼（はやぶさ）」や「疾風（はやて）」の製造を手掛けていた。その技術力が現在の富士重工業スバルへと引き継がれている。後で耳にするのだが、故郷の親戚に中島飛行機に勤務していた人がいたことを知った。当時、中島飛行機は従業員を大量募集中であり、人気の仕事であった。

職場は武蔵野町西窪（現在の武蔵野市）にあり、第四職場神奈川班に所属した。工場は三交替制のフル稼働であった。最初の年は工場宿舎に入居し、次の年からは外部通勤が許され、三鷹駅前の下宿屋に身を寄せた。家賃は三畳一間で3円程であった。

仕事の合間には、よく野球をして息抜きをしたものだ。職場の野球チームに入り、グラウンドで心地良い汗を流すのだった。それから夏になると友人と山登りをしたり、江の島まで出かけては海水浴を楽しんだりもした。その頃はまだ長男夫婦が横浜に住んでいたので、時々三鷹駅から電車に飛び乗り、遊びに行くのが楽しみでもあった。この頃は自分でも不思議なぐらい気力と体力がみなぎっていて、夜勤明けでも眠ることなく、井の頭公園や吉祥寺などを遊び回っていた。青春を謳歌しながら、生きている実感を噛みしめていたような気がする。

また故郷のアヤとは連絡を取り合い、勤務の合間を見計らっては上京してもらっていた。その折には駅前に宿をとり、近くの井の頭公園辺りを散歩したり、または遠く上野動物園まで出掛けたりして、楽しい時間を共有した。夜になれば時を忘れて夢を語り、将来を誓い合って、裸電球の下で一つの影に重なった。何よりも二人でいることが明日への活力へと繋がった。

仕事は至って真面目に取り組んだのだが、旋盤による部品製作が中心で、肝心の飛行機製作とは縁遠いものがあった。当時、田無に発動機試運転工場があり、太田にも機体工場があったので、工場を変えてでも飛行機を造りたいと真剣に考えていた。そんな矢先、昭和15年（１９４０年）４月、陸軍への入隊を理由に退職せざるを得なくなってしまった。私の夢が不完全なまま、手の隙間からすり抜けようとした瞬間だった。

その頃の日本は確実に戦争への道を突っ走っていた。昭和6年（１９３１年）に満州事変が発生し、昭和12年（１９３７年）には日中戦争が勃発していた。私が中島飛行機に勤め出した頃には、ドイツがポーランドへ侵攻したことで、欧州では第二次世界大戦が始まっていた。日本はそれに呼応するように軍備を増強していたのである。その時の私はお国のために働ける幸せを噛みしめながら、心と身体の準備をしていたのである。

　私は中島飛行機を退職後、再び横浜に戻り、神奈川区反町(たんまち)に自分名義の家を借りて、兄夫婦と同居することにした。すぐさま兄正一は日東化学へ、義姉のサダはコークス工場に勤め出した。日東化学はアルミナや化学肥料を生産していた会社で、藤山コンツェルンが昭和12年（１９３７年）に創業したものである。藤山愛一郎が政治活動に入ったことで影響力が徐々に弱まり、現在の三菱レイヨンが吸収合併して今日に至っている。私は入隊の準備期間でもあり、少し遅れてアルバイトのつもりで神奈川硝子工場へ就職した。

　ところが義姉はコークス工場の作業環境が合わなかったのか、9月頃体調を崩してしまった。日中一人にしてはおけず、看護のため故郷にいるアヤを呼ぶことにした。勿論、実家には了解を得てのことであるが、私が一旦本荘に戻り、二、三日滞在してからアヤを連れて上京することにした。

上京する当日、アヤの父重高が馬の買付けのため象潟へ行くとのことで、羽後本荘駅から羽越本線上りの汽車に乗り、象潟駅まで同行することになった。何故か、その場の空気がとても重々しかったのを覚えている。アヤの父は都合よく娘を駆り出す自分に対して、不信感を抱いていたのではないだろうか。その気持ちを目で訴えているようで、見るのが怖かった。象潟を過ぎ、ようやく二人きりになれたものの、重苦しい空気が立ち込めていた。加えて、久し振りの再会でもあったので話題も見つからず、もどかしいやら、歯がゆいやら、恥ずかしいやらで、しばらくは赤の他人ように無言のままであった。

アヤの看護のお陰もあり、義姉はすっかり体調を取り戻した。アヤを呼び寄せることができたのも神からの思し召しであり、きっと何かの縁で深く繋がっていると感じていた。次第に私はアヤと結ばれることを強く望むようになっていた。兄夫婦も大いに喜び、その年の10月に夫妻の前で結婚を承認されることになった。横浜の伊勢佐木(いせざき)町(ちょう)にある某飯店で祝杯を挙げて貰い、記念品として鏡台と針箱を頂いた。貴重な品として、今も我家に大切に保管されている。

この時代の結婚は親同士が決めるか、親戚の仲立ちによるお見合いがほとんどで、祝言(しゅうげん)を挙げるその日までお互いの顔を見たことがない人も多かった。そんな中で私とアヤは、当時にしては稀な恋愛により結ばれたことになる。今にして思えば、二人は遠い昔から巡り会う運命にあったのではないだろうかと考えている。

　今すぐにでも正式な届出をしたいと考えていたが、戦争の混乱の中にあって、それは叶わなかった。明日の我が身を思う時、無事で帰ってこられるとの保証は全くない。アヤを未亡人にしてしまうのは忍びない。両親から同棲の承諾を得てはいたが、色々と考えて入籍しないまま横浜で一緒に暮らすことにした。アヤは義姉と同じコークス工場で働き始め、私は硝子工場に昭和16年（１９４１年）７月まで勤めていた。


　入営が近づいたため、アヤと一緒に8月初めに秋田へ戻ることになった。横浜の荷物は兄竜一に送ってもらって、父が用意してくれた本荘の青田医院前の借家に住むことになった。しかしアヤとはいつでも会えるということで、実家に帰すことにした。アヤは実家の家事を手伝いながら、しばらくは本荘駅前の餅屋に奉公していた。

　いよいよ大阪集合の入営通知が来て、8月末には本荘を離れることになった。前日は借家で、簡単な壮行会を催してもらった。席上私は両親に対し、これまで育ててくれたお礼と別れの言葉を述べた。口下手で上手くは言えなかったが、母は涙を浮かべ、黙ってうなずいてくれた。

　当日、駅のホームには親類縁者や友人が沢山見送りに来てくれていた。力強い握手の後、口々に励ましの言葉を頂いた。私は不安を押し殺し、意気揚々とした態度で敬礼をして応えた。一通り挨拶を終えたものの、アヤだけには別れの挨拶を交わすことができなかった。もしやこれが永遠の別れになるかも知れないと思うと、余計に言葉にならなかった。いつまでもこの場を離れたくはなかったが、急かされるように16時発の上野行き夜行列車に乗車し、大阪へと向かった。万歳三唱の声に見送られ、駅にはいつまでも軍歌の歌声が響き渡っていた。私は必死に涙をこらえながら、後ろ髪を引かれる思いを強く振り払って旅立った。

途中、汽車の窓から見える金浦(このうら)海岸の夕日がとてもきれいだった。この景色はもう見納めかと思うと、寂しさが急に込み上げてきて、不覚にも涙がこぼれ落ちてしまった。

大東亜戦争への従軍

こうして私は軍隊に身を捧げるべく、今生の別れを告げたのだった。夜のしじまの中で家族やアヤとの思い出が次々と過り、中々眠れなかった。翌朝、ぼうっとしながら眠い目を擦ると、列車はもう上野駅に到着していた。

雑踏を掻き分けるようにして東京駅へ移動し、すぐに東海道線に乗車し名古屋駅を目指した。実は大阪に行く前に、是非とも立ち寄りたい所があったのだ。日本人ならば誰でも一度はお参りしたいと思うであろう場所、三重県にある伊勢神宮を訪れることにした。伊勢神宮は日本国民の総氏神を祀ってあり、戦地に赴く前に神のご加護を授かりたいとの切なる願いがそうさせたのだった。

　名古屋から関西本線で亀山に行き、亀山から紀勢本線に乗車し津を経由した。津からは参宮（さんぐう）急行電鉄（現在の近畿日本鉄道）に乗り換え、ようやく宇治山田駅に着いた。津駅でとある老人に乗り換え場所を尋ねたのだが、早口の関西弁でさっぱり聞き取れなかった。しかたなく人の流れに沿って歩き出すと、乗り換え場所に辿り着くことができた。秋田の田舎者で土地勘もなくとても心細かったが、目的達成のために死に物狂いであった。宇治山田に着いた時にはほっと胸を撫で下ろすのだった。

　一日目は豊受大御神（とようけおおみかみ）を祀る外宮をお参りし、翌日は天照大御神（あまてらすおおみかみ）を祀る内宮を参拝した。厳かな場所にとても心が洗われ、お国のために戦う勇気が湧いてきた。

　8月最終日の午後に大阪入りをした。駅前に設置された受付で、憲兵から出身県別の案内を受け、指定の旅館に宿泊することになった。ここへは秋田県各地から十五名が集合した。早速、我が秋田勢の初顔合わせが行われた。入営前の最後の宴に若い酌婦（しゃくふ）も加わり、皆は我を忘れて大いに盛り上がった。郷土の民謡を披露する者や酌婦と仲良く踊り出す者。秋田の気候に比べて格段に暑く酒の酔いも手伝ってか、最後の方にはほとんどの者が上半身裸になって肩を組み、酒を酌み交わした。若さ溢れる強健の秋田男子。これから生死を共にする戦友となるのかと思うと親しさが湧いてきた。

翌日9月1日には全国各地から召集された若者達が続々と集結していた。直ぐに軍の管理下に置かれ、私は一つ星の陸軍二等兵として、軍服と被服を支給された。兵器は大阪城内にある兵器廠より受領し、これで軍装備の全てが整い、兵営生活の第一歩が始まったのである。近くの中之島公園を拠点に四日間の訓練教育を受けた後、いよいよ戦地へ向けての移動が開始された。

大阪から広島の宇品へ向け、夜行列車で移動することになった。軍用列車は外部と遮断する必要があるため、窓を全て閉じなければならない。暗闇の中、心細さが募るばかりであった。翌朝広島に到着し、訓練と旧日本軍大本営跡地や広島市内の見学を終え、翌日には霧雨が視界をさえぎる中、宇品へと行軍を開始した。行軍から約三時間で宇品港へ到着すると、休息もなく約四百名が3000トン級の貨物船に乗り込んだ。元は馬を運ぶ船だったと思われ、馬糞の臭いが鼻をつく。出航の合図も見送る人もなく、この集団を乗せた船は南京あるいは北京へ向けて出航するのだった。船は一路、東シナ海へ向けて南下した。小さくかすむ景色を追いながら、「さらば日本、我が本土」と私は最後の挨拶をした。

出航から五日後南京に到着し、南京城内にある南京第15野戦航空修理廠に入隊することになった。ここ南京飛行場は渡洋爆撃（海洋を越えて実施する爆撃）の基地でもあり、かつ海軍の飛行基地でもあった。兵舎でようやく行軍が解かれ、長旅の疲れを癒すことができた。夕食は温かい祝いの食事が供されて、久し振りに食べた赤飯に思わず故郷の母を思い出してしまった。

一夜明けてから厳しい軍隊生活が始まった。朝は鐘の合図で起こされる。服を着替えて集合場所へと向かい、すぐさま点呼が始まる。少しでも遅れると上官からのビンタが待っていた。日中は野外訓練として銃の取り扱い、兵器の手入れ、敬礼、発声練習などが行われ、内部訓練では典範令（てんぱんれい）、刑法、軍人勅諭（ぐんじんちょくゆ）、戦陣訓等の教育が行われた。その他に靴の手入れや洗濯の仕方、裁縫なども教わった。何せ大学から小学校卒業までの幅広い人材の集まりであり、中には妻子ある隊員もいた。洗濯や裁縫を初めて行う者も少なくない。そういった意味で軍隊行動の規範となる典範令を用いて、徹底した教育が行われた。

また軍隊生活では厳しく時間管理が行われる。風呂は中隊毎に割当時間があり、古参兵を先頭に隊列を組んで風呂場に移動する。着替えも順番制であるから、後ろの者は相対的に時間が短くなり身体が十分に洗えない。浴槽に入っても烏の行水の如く、じっくりと浸かれない。食事も同様で、隊列を組み班毎に分かれて食事をするのだが、上官の合図によりこれもまた古参兵から食事が許される。初年兵は食べるのを見届けてから、早食いで済ませることになる。食事をゆっくり味わうこともできなかった。

規律を重んじる軍隊生活にようやく慣れた頃から実戦教育が行われ、私は飛行兵として整備工場配属を命ぜられた。業務内容は機体やエンジンの点検、プロペラ交換、燃料補給などである。私の夢であった大空への憧れが現実のものとなった。ある時、飛行第90戦隊（通称軽爆撃隊）所属の少年航空兵の操縦する、九九式双発軽爆撃機の試験飛行に同乗したことがあった。同乗者は飛行技手と整備担当である私の二名。着地に失敗して、胴体着陸をする大事故となった。原因は着陸態勢に入ったものの、経験不足から着陸地点を見誤ったものである。土手に車輪を突き、車軸は外れ、機体前部は大きく損傷し、操縦士は一瞬気を失った。後部座席に乗っていた私はかなりの衝撃を受けたものの、幸い無事であった。そんな経験を繰り返し、晴れて航技兵となることができた。

昭和16年（1941年）12月8日に大東亜戦争の宣戦布告がなされた。いよいよ本格的な戦争へと突入し、訓練は一層厳しさを増した。昭和17年（1942年）3月に日頃の頑張りを評価され、二等兵から一等兵へと進級した。

この頃日本軍は、兵力を南方へと進展させる南方作戦を展開していた。我が軍圧勝のもと昭南島攻略へと繋がった。因みに昭南島とは統治時のシンガポールの呼称である。満州方面の航空団が次々と南下するのに伴い、ここ南京飛行場は一段と慌ただしさを増した。九七式重爆撃機や九九式双発軽爆撃機、一式戦闘機「隼」が次々と着陸し、給油や整備を行っていった。このように息つく暇もない状況の中で、戦時気分を一層掻き立てられた。

春先になると移動修理班として派遣命令が下され、上海近くの蘇州に不時着した隼機の回収を行ったり、夏頃には湖南作戦と称する命令で揚子江の江西省 九江対岸にある二頭江へ二ヶ月余り駐屯支援を行ったりした。二頭江飛行場は飛行第25戦隊（通称戦闘機隊）が所轄する一式戦闘機「隼」主体の飛行場であり、支援業務はとても重要な任務であった。

常に緊張感の漂う飛行場ではあったが、我々にとって休息は必要である。草原の中にある飛行場には楽しみが少なく、休日を利用しては民衆と触れ合った。ある日飛行場の近くで嫁入り風景を見ることができた。二頭江の村から九江へと若い娘が嫁ぐ姿であった。高台に張ったテントの中では、14か15歳ぐらいの娘が全身に衣をまとい、親類縁者の前で神に祈りを捧げていた。それが終わると宴席が始まり、出席者はご馳走を食べどんぶりに入った支那酒を回し飲みして結婚を祝った。それから一行はドラや太鼓を先頭に小舟へと乗り込み、九江へと向かって行った。九江では婿側が待ち構えており、夫婦を乗せた人力車と家財道具や塗り物を天秤棒で担ぐ者達が町を練り歩く。沿道では爆竹を鳴らし歓迎ムード一色であった。日本の嫁入り風景を思い起こすような、貴重な一場面であった。

8月後半には、湖北省白螺磯飛行場へ派遣された。南京から陸路で武漢市漢口まで行き、そこから船で宜昌、武昌へ向かう約一週間の遠い道程であった。武昌から飛行場へ向かう途中、悪路で車がハンドルを取られ、積荷のエンジンもろとも横転するという事故に遭った。同乗者全員が車外へと放り出され、身に付けていた水筒や帯剣が原型をとどめず潰れたものの、幸い皆無事であった。周辺は車輛や兵器の残骸、そして兵士や馬の死体がゴロゴロとしており、烏が群がる不気味な場所であった。危うく命を落としかねない事故に、安堵の胸を撫で下したのだった。

ようやく白螺磯飛行場に辿り着くや否や、敵機による空爆の洗礼を受けた。この飛行場は爆弾倉庫や食糧倉庫を併設する軍の重要基地である。また飛行第25戦隊の駐留地でもあり、敵の攻撃目標となっていた。夜間爆撃などにより多くの犠牲者が出る中、連日の激しい攻撃に誰もがノイローゼ気味となっていた。何故なら爆弾倉庫が攻撃されれば甚大な被害となることを、部隊全員が理解していたからである。

ある夜に洞庭湖方面からB24爆撃機が飛来し、落下傘爆弾が雨霰と降り注いだ。

急いで河畔の木の茂みに戦友の野田雄二君と逃げて、間一髪命を救われたのだった。その後二人は揚子江の水面に映る月を見つめながら、故郷を語り合った。そして彼が唄う歌「コロラドの月」を聴いて、心の安堵を取り戻したのだった。今すぐにでも家に帰りたい一心であったが、ここはそれも叶わぬ遠い戦地。故郷の父母らのことをしみじみと思い出し、お互いを慰め合ったものだ。因みに揚子江という名称は正式には長江であるが、長江下流の揚州付近の河を揚子江と呼んでいたことから、誤用されたまま日本へ伝わったものである。当時の地図にも記載されていることから、あえて揚子江と呼ぶことにする。

昭和18年（1943年）9月に日頃の努力が報われ陸軍航空技術上等兵に進級した。合わせて故郷からの一報を受け、上司に入籍を報告した。晃一24歳、アヤ21歳の時であった。写真と手紙を提示し、大喜びの報告であった。死の恐怖と戦いながらも明日への希望を与えてくれる出来事に、他の隊員からも沢山の祝福を受けた。

その後11月に中国大陸を南下する作戦行動に参加し、桂林に移動することになった。作戦名を湘桂作戦といい、中国内陸部の連合軍の航空基地を占領する目的で展開された。我々はおよそ一ヶ月をかけて桂林に辿り着いた。昼間は国民政府軍からの爆撃を恐れ、夜は共産ゲリラを警戒しての行動で、実に長く険しい道程であった。幸運にも我が隊に災いは起きなかった。しかし途中他部隊の歩兵と遭遇したが、見るも無残な姿に愕然とした。髭はぼうぼうで衣服は破れ、稲の穂を食べながら、どの行軍に付くのやらのんびりと歩いている。これが日本兵の姿かと思うと哀れであった。この時を振り返り、戦争に負けたのも当然であったと述懐したのであった。

田園公路をひた走る輸送隊車の中から、山水画にあるような岩山の絶景が目前に広がっていた。美しい風景とは裏腹に、周辺の山には砲弾の跡が生々しく残り、未だに戦車防御用のバリケードや地雷などが除去されないままであった。ここはついこの間まで連合軍の大陸航空基地であったが、我が軍により壊滅的な被害を受け、撤退を余儀なくされていた。

余暇をみては、大林隊長と共に近くを探検した。そこは地雷や鉄条網が渦巻く、かつての最前線であった。山の中の洞穴へ入ると白骨化した複数の兵士が横たわり、武装兵器が散乱していた。更に先を進んで行くと、田んぼや河には無数の死体が横たわっていた。思わず目をそむけたくなるような悲惨な光景であった。敵兵である彼らの無念さを想いつつ、戦争の惨たらしさを痛感した。

昭和19年（1944年）2月には基地設営も完成の運びとなり、晴れてお正月を迎えることになった。兵士が集う広場も出来上がり、そこで国旗掲揚を行った。隊長の訓示を賜り、皆は日本国への忠誠を更に誓った。そんなある時、慰問団が桂林市街へやって来た。当部隊も観劇鑑賞が許され、上等兵運転の車で飛行場からの移動中、転落事故により曽根兵長が亡くなった。悲しみの中葬儀が執り行われ、設営地の一角にある大林隊墓地に埋葬された。我々は曽根兵長を守り神とし、この戦に勝つことを誓って永遠のお別れをした。

昭和20年（１９４５年）３月になると、「内地危うし」の情報を耳にするようになった。そんな矢先、隊長の元に漢口への帰還命令が届けられる。桂林飛行場へ直接機が飛来し、命令文を投下して行ったのだ。前線での弾薬や燃料の不足、また多くの戦死者を出し大きな損害を被ったことを背景にした帰還命令であった。我が日本軍はこれまで常に前進し、快進撃を続けてきた。しかし帰還しなければならない現実に、我々も落胆の色を隠せなかった。

音を立てて崩れ去る戦局のように、私の身にも災いが待ち構えていたのである。漢口に戻る途中、不覚にもマラリア病に感染してしまったようだ。ここで病に倒れてしまっては、今までの努力が水の泡となってしまう。異国の丘に散ってしまった戦友の無念さを思えば、取り残される訳にはいかない。必死に病と闘いながら隊と行動を共にしていた。

高熱で意識が朦朧とする夜に夢を見た。航技兵であるはずの私が、許可を得ないまま隼機を操縦している場面だった。日の丸の鉢巻き姿の私は血相を変えて操縦桿を握っていた。敵機と遭遇した私は半狂乱になりながらも、機銃を照射し複数機を撃墜することができた。しかし喜びも束の間、敵の攻撃を受けて機体が操縦不能となり、錐揉み状態で山へと落ちて行くのだった。その時故郷の母やアヤの顔が浮かび、泣き叫びながら最期の挨拶をするのだった。自分の叫び声に驚いて目が覚めた。

これまで我が軍の勝利を信じて戦ってきたが、それは徒労の夢だったと思う。この無意味な戦争は早く終わりにしなければならない。生きて祖国に帰りたいと強く念じている自分がいた。帰還する道程がどのように過酷であったか、確かな記憶がないま、ようやく6月の初めに漢口へ到着することができた。私は野戦病院で一ヶ月の入院を余儀なくされたが、薬のお陰ですっかり回復し、その後部隊に復帰することができた。この頃私は陸軍航空技術兵長に進級していたが、より一層の成果を期待される状況での漢口への帰還となり、昇進の喜びも半減した。

強制収容所からの生還

遂に運命の日が到来してしまった。この年の8月15日に全隊員が広場へ集められ、ラジオで天皇陛下の玉音放送を聞くこととなった。雑音でさっぱり内容が分からなかったが、後で行われた部隊長からの訓示で日本国が無条件降伏をした事を知った。部隊は最後の一兵士になるまで戦う心積もりがあり、まだまだ強気であったが、中支派遣軍は9月初めに止む無く降伏を宣言した。

遠く本土では広島と長崎に原子爆弾が投下され、多くの犠牲者が出たとの情報が噂で広まっていた。何と愚かで惨たらしい出来事だろうか。一億玉砕という無謀な戦争で多くの大切な命が失われている。哀れさと切なさに涙が止まらない。

ヒロシマにピカドンが落とされて
白い火の球から鋭い閃光（せんこう）が走り
晴れ渡った夏空を龍のごとく昇ると
すぐさま巨大なキノコが現れた
雲の切れ目から蒼（あお）や黄色
紫や橙色の怪しく光る微粒子が
ちらちらと、はらはらと
激しく明滅しながら落ちてくる
続く衝撃波でたちまち家や人が
もろとも吹き飛んだ

立ち上がる炎と人々の叫びの渦に
身体が震え、心が震え
魂の怒りが雷鳴を呼び込んで
大地がうなりを上げた

ヒロシマにピカドンが落とされて
黒い雲の下から生温かい雨が落ち
緑深き山河に天幕を広げるがごとく
瞬く間に暗黒の世界が現れた
雨はどしゃ降りとなり家や田畑
山や海に幾筋もの黒い涙が
ぴたぴたと、ぱしゃぱしゃと
悲しい音を立てて落ちてくる
逃げ惑う人々は行く手を阻まれ
折り重なって息絶えた
放射熱と人々のうめきの声に
身体が熱く、心が熱く

地獄の苦悩を沈めて楽になろうと
川の中へと飛び込んだ

その後漢口飛行場の景色は刻々と変化していった。突然米軍の大型輸送機が現れ、上空から隊員が次々と降下してくるのを見た。色とりどりの落下傘部隊であった。米軍の高官が通訳を連れて、機体の整備をしている我々の元へ近づいてきた。尋問に我が隊長が代表して答えるのであった。次に米軍はなだれ込むように進駐し、続いて支那共産党軍も帰還してきた。飛行場は完全に米軍のものとなり、我々は武装解除され兵舎を追われた。

それから間もなく、米軍による格納庫の残機の接収が始まった。一式戦闘機「隼」や四式戦闘機「疾風」など12機が没収された。これまで我が子のように手塩に掛けて整備してきた愛機を、敵軍に持って行かれるのは死ぬほど辛かった。私の青春そのものだった飛行機。身体は引きちぎられるような痛みを覚え、こらえきれずそのまま膝から崩れ落ちた。この感覚は何処かで体験したものと似ている気がする。思い起こせば、家の取り壊しに立ち会った少年の頃の、あの衝撃と同じであった。立ち上がれない程の喪失感を私は二度も味わうこととなった。

12月からは城門のある顎城（がくじょう）で、連合国軍の捕虜としての収容所生活が始まった。

幕舎には薄いゴザが敷かれ、寝床となる。風呂はなく、揚子江の泥水で身体を洗うだけであった。与えられる食糧は少なく、蛙や蛇、鼠など食べられる物は何でも口にした。食糧の他に燃料も乏しく、いずれ誰かが入るであろう柩(ひつぎ)を壊して燃料とする始末であった。

その間に辛い強制労働が課せられていた。ここ顎城は雪こそ降らないものの、気温は氷点下を下回る酷寒の地であり、厳しい環境の中で道路補修やグラウンド造りなどが行われた。重労働に耐えかねて、体力的に弱い者から先に倒れてゆく。死者は顎城の丘の上に埋葬されることになる。祖国はいまだに遠く、囚われの身である私は生きる気力を失いかけていた。

更に追い打ちをかけるような出来事があった。それは白螺磯飛行場の木の茂みの中で「コロラドの月」を聴かせてくれた、戦友野田君の悲しい結末である。彼は私より少し遅れて強制所送りとなった部隊と共にいた。顎城へ移動中に食糧も底をつき、おまけに不衛生な状態で、彼を含む多くの隊員の体力が奪われてしまっていた。顎城に着くや否や彼はとうとう床に伏し、遂には帰らぬ人となってしまった。しばらく放置された野田君の身体は、いつの間にかシラミに覆われて、とても無残な姿であった。父母の悲しみも届かないこの遠い異国の地で、彼は独りぼっちで逝ってしまった。

春になり、揚子江岸に出ては故郷への想いが募るばかり。通過する船の音を聞く度に、迎えの船かと待ちわびる日々であった。ふと空を見上げると青く澄み渡った空が広がっていた。このきれいな空は祖国と繋がっている。いつか必ず帰れる日は来ると信じて疑わなかった。そしてとうとう我々の終戦がやって来た。昭和21年（１９４６年）4月に復員命令を受け、日本に向けて帰還準備をすることとなった。顎城から南京、上海を経て、ようやく5月に船は東シナ海を抜けて玄界灘へと北上することができた。

出航の日の天候は大荒れで、私はマラリア病が再発し発熱に苦しんでいたが、待ち焦がれる気持ちが病気を鎮めてくれていた。日本に近づくにつれて天候も好天となり、甲板に出ると遠くの島々がはっきりと見えてきた。遂に山口県仙崎港へ無事到着した。間もなくして復員式が催され、隊長から別れの訓示が発せられた。「今まで部下として良くやってくれた。これから互いに助け合いながら生き、またいつか再会する事を願う」と涙ながらの言葉であった。終了後にまたいつかどこかで再会する約束を交わし、戦友との別れを惜しんだ。

私は急いで駅へと向かったのだが、戦争に疲弊（ひへい）した人々の姿に愕然（がくぜん）とした。駅構内はゴミが散乱し、その中で子供や大人の浮浪者達が破れた衣服のままごろ寝をしていた。生きる希望のない彼らの溜息（ためいき）や通行人の虚ろな眼差しが充満し、敗戦後の日本の空気はやけに重たく感じられた。汽車の中は満員で座る席もなく、立ち通しであった。夜が白み始めた頃、瀬戸内の海が見えてきた。海岸には漂流船や残骸船（ざんがいせん）が多く見られ、荒廃した海の姿が痛々しかった。沿線には爆弾の穴がいくつも見え、惨憺（さんたん）たる光景が広がっていた。

しばらくうとうとしていたが、駅名を告げる声で目が覚めた。外に目を向けると広島駅周辺には、焼け野原が一面に広がっていた。駅構内には被弾して横転した機関車がそのままの状態で、その間目は釘付けとなっていた。何分停車か不明であったが、その間壁にも無数の弾痕が残っていた。線路は飴のように折れ曲がり、列車は徐行しながらゆっくり発進するのであった。線路伝いには丸焦げになったトタン屋根の家が見え、コンクリートの塊が散乱していた。広島駅を発車すると同時に乗り込んできた中年男性は、耳から顔、首にかけて火傷で膨れ上がっていた。明らかに原爆の被害者だと思われた。原子爆弾の被害が、これ程までに凄まじいものであったことを改めて知らされた。戦前、私はここ広島の宇品から出陣した。入営前に見た広島の風景は今でも忘れないが、余りにも変わり果てたこの悲惨な光景に、心が折れそうになった。

いくつもの悲しみを乗り越えて、昭和21年（1946年）6月8日、実に五年振りに故郷本荘の土を踏むことができた。両親や兄弟は皆、とても喜んでくれた。そして待ち焦がれていたアヤとの再会である。最初アヤは夢か幻を見るような眼差しであったが、それと気付き駆け寄ってきた。二人とも万感の思いが溢れ出し、涙を流しながら力強く抱きしめ合った。

振り返れば、長く険しい道程であった。中国大陸の奥深くまで転戦し、日本軍に暗雲が立ち込めると、果たして自分に明日はあるのかと不安と恐怖に襲われた。しかし誰もが故郷の父母らを想い、時には戦友にも助けられ、生還の夢をあきらめなかった。生死を分かつ様々な経験をし、人間的にも一回り大きくなって帰ってきたような気もする。これから私は、異国で無念の死を遂げた戦友の分まで生きようと思う。楽しい人生を送り、彼らにその幸せを分けてあげたいと誓う。

けたたましいラッパの音で
目覚めの朝がやってくる
ここは故郷からの
声も便りも届かぬ異国の地
南京の閉ざされた城壁の中
明日の戦に赴くために
銃を片手に
匍匐(ほふく)訓練に明け暮れる

従軍ラッパに急かされて
いざ戦地の桂林を目指す
船で大河を渡り
険しい山を乗り越えて
空爆やゲリラ攻撃を受ける中
明日の勝利を信じて
命からがら
約束の地へ辿り着く

山水画のような山々を
穏やかに縫うように流れる清い河
水面では
小舟がのんびり漁をする
遠き故郷の
山河が目に浮かぶ
野山を駆け回った

あの頃を思い出す

夜の空爆を逃れ
必死の想いで隠れた河畔の茂み
水面(みなも)には
美しき月が浮かんでいる
ふと戦友が口ずさんだ
「コロラドの月」に
張り裂けそうな心は
癒され救われる

従軍ラッパの鳴る丘に
多くの戦友が散ってゆく
銃弾にもがく友の声は
血で染まる丘へとこだまする
最期に残した言葉は
故郷の母への想い

異国の土に朽ちてゆく
友の無念さに涙する

従軍ラッパの鳴る丘に
多くのものを捨ててゆく
明日への希望も喜びも失せ
生きる屍（しかばね）と化す
愛とは、平和とは何？
正義とは、条理とは何？
数々の疑問を飲み込んで
それでも前進あるのみ

戦場で母の姿を夢に見た
マラリアの熱にうなされながら
おぼろげに母の声を聞いた
どうか、どうか
お願いだから

無事に帰ってきておくれ！
その言葉だけを頼りに
中国の奥地から遂に生還した

第五章　混沌の風

再起の日々

戦後の混乱の中で、これからアヤと二人で苦難の道を歩んで行かなければならない。家もなく、仕事もなく、食物もない。ましてや親からの援助もない。祝言を挙げるどころではなく、結婚写真一枚すらなかった。だがしかし、ここでへこたれる訳にはいかない。たとえいばらの道であろうとも、力を合わせて前に進んで行こうと固く誓い合ったのだった。

本荘に戻ってから数日して、妻の実家へ帰還の報告に行くことにした。両親は大変喜んで迎えてくれたが、表情とは裏腹な冷たい眼差しが感じられてしょうがなかった。それは何かといえば、家の格差に対する不満であったと思われる。戦前、戦中を通して我家はずうっと貧乏であったのに対し、妻の実家はとても裕福であった。父親は馬の売り買いを生業とする馬喰であり、戦時中は農耕馬の他に軍馬の要請も多くあり、大変忙しかった。貧しい所へ嫁に出したという後悔の念がそうさせたのだろうか、私達への援助は一切なかった。本来ならばゆっくりとしたいところだが、その日は泊まらずにお土産の濁酒(どぶろく)だけ貰って帰ってきた。

どんな逆境があっても夫婦は強い絆で結ばれていたから、黙々と生活を営むだけであった。最初は両親が住んでいた、石脇水車（昔から大きな水車があったので地名のように呼んでいた）の借家に間借りさせてもらっていた。間借りと言っても掘っ立て小屋同然のような状態で、とても不自由で質素な暮らしであった。電燈もなく、唯一の灯りといえば煮炊きの火であった。炊き火の煙は直ぐに部屋中に広がり、家財や荷物が真っ黒にすすけて私達を困らせた。それからある夜には、アヤが寝床から落ちてしまったことがあった。二段組の寝床には粗末なハシゴがかけてあり、寝ぼけたアヤがそれを伝って転げ落ちたのである。私は膝小僧をさすっているアヤに駆け寄り、思わず肩を抱き寄せた。誰にも文句は言えず、今が辛抱とばかりに慰め合うしかなかった。

　人は生きるために働かなければならないのは当然であるが、そもそも学歴のない私は身体で稼ぐしかなかった。戦争に従軍したことなど何も役には立たず、結局両親のつてを頼りに職を探すのだった。先ず手始めに、本荘の裏尾崎町にある小野棒炭工場へ就職することにした。工場では燃料として練炭や棒炭を造っていた。練炭は石炭や木炭の粉末に粘結剤を入れて円筒形に固めたものであり、棒炭は木炭粉を固め棒状にした炭団のことを指すのである。工場内は常に粉塵が舞っており、直ぐに顔が真っ黒になった。家に帰って顔を洗っても、鼻の中の汚れは簡単には取れなかった。当時の工賃は一日当たり10円であったので、今にして思えば破格な賃金であった。平成の今の貨幣価値に換算すると1～2万円ぐらいであっただろうか。しかしそれだけ過酷な作業であり、長く続けることはとてもできなかった。

次の仕事は手っ取り早く土木作業員を選んだ。父の知人の世話で、石脇にある土建業の子吉組に雇われることになった。いわゆる日雇い労働者として、主に石脇に新しく造られる新山道路の工事に駆り出された。季節は冬に向かっていたので、藁靴を履き、足のすねにヘダラを巻いての作業であった。ヘダラは鳥海布で出来ており、戦時中のゲートルに似た物である。ヘダラの語源は「ハエ・タラ」であり、引き裂かれてバラバラになった巻く布という意味があるそうだ。いつの間にか「ハエ」が「ヘ」、「タラ」が「ダラ」と変化してそう呼ぶらしい。来る日も来る日も、つるはし片手の力仕事ばかりで、体力的にもきつくなり、そこも長続きしなかった。

それから姉ハルの夫藤田元治（もとじ）さんの手解きを受け、行商で物売りを体験してみた。リヤカーに豆腐や野菜などの食料品を積んで、街中の家々を一軒一軒回るのだ。右手には合図のラッパを携えて到着を知らせるのだが、まだ若かった私には恥ずかしさが先行した。それに何より口下手である。行商には売り手と買い手の間に人情味あふれる会話がつきものだが、口下手な私にはその才能がなく、客商売には不向きであると直ぐに悟ってしまった。

働けど働けど貧しい暮らしはいっこうに好転せず
日に日に身体はやせこけて
汚れた手に血豆のできたるを知る
さする肩がやけに重く痛く
わずかな酒に一日の安らぎを探す

耕せど耕せど荒涼たる大地はいっこうに夢を与えず
日に日に雑草は生い茂り
うなじの汗が背中を素通りしてゆく
振り絞る力でやっと息を吐き
それでもなお大地にしがみつく

仕事が上手く得られず悶々とした日が続く中、思いがけない救世主が現れた。それは近くに住む、知人の保科金治さんと大内又治郎さんである。彼らの口添えで、昭和22年（１９４７年）３月に国立秋田療養所（通称国療と呼んでいる）の作業手として就職が決まったのだ。

国立病院及び国立療養所の始まりは、連合国占領下にあった政府が昭和20年（１９

45年）12月に陸軍病院と海軍病院を合わせた146の施設を国立病院とし、そのうち傷痍軍人のための療養所53施設を国立療養所としたことに始まる。当時の秋田療養所は結核病患者を治療する病院であり、勤務することで自分も感染してしまうのではないかと不安であった。しかし六百人の患者を抱える大病院でもあり、何より安定した生活が得られる仕事でもあり、このチャンスを逃す訳にはいかなかった。直ぐに面接を受け内定を貰うことができた。両親に報告すると、それはたいそう喜んでくれた。

仕事の内容は家畜の飼育と畑作りであった。家畜は五十頭余りの豚と五頭の山羊を飼育していた。畑はナスやキュウリ、大根や白菜、それからサツマイモやじゃが芋など季節の野菜全般であった。これらは全て入院患者用の食料として提供される。経費は入院患者の互助会から賄（まかな）われていたが、豚や山羊の餌代を少しでも浮かせるために、患者が食べ残した残飯が充てられていた。職場のチームは斎藤、佐藤両作業主任の監督の下、作業手として私を含めて五人体制であった。当初は経験不足から苦痛に感じられることもあったが、アヤのためにも必死になって働いた。

終戦直後は闇の人身ブローカーが暗躍しており、正規勤務者が少ない時代でもあった。それだけに正規雇用として働けることはとても喜ばしいことであった。今でもはっきりと覚えているが、初めて給与を貰う時は飛び上がる程嬉しく、と同時にやっと一人前になれたとの感慨に浸っていたのを思い出す。ただ月給は260円と、世間相場より安かったように記憶している。当時の公務員の初任給は５４０円、小学校教員の初任給は３００~５００円、日雇い労働者の日給が7円50銭の時代であった。しかし何よりも、安定した給料が得られることの方が大きかった。これまでの苦労が報われた、そんな想いであった。

時代の渦の中で

戦後の物資不足は深刻なもので、食糧や生活必需品が中々手に入らず、欲しい物は闇市から法外な値段で入手するのが一般的であった。金のない私達は少しでも多くの食糧を得るために、休日返上で農村に出掛けては田植えや稲刈り、農作業の手伝いなどをして働いた。日当の代わりに米や野菜を貰うのが常だったが、たまに濁酒を貰う時もあり、家に帰って一杯やるのがこれまた楽しかった。

ある年の田植え時期に、生まれ故郷の大谷村へアヤと連れ立ってはるばると出掛けたことがあった。昔の景色を懐かしみながら手伝い先を探していると、「左治衛門のデーさん」の所に辿り着いた。早速仕事の交渉をしてみたが、あっさりと断られる始末。そのつっけんどんな態度には怒りさえ覚えた。昔は誰にでも優しく誰からも愛され、親しみを込めた愛称で「テカリコ」と呼ばれていた左治衛門さん。まさか断られるとは思っていなかったので、帰り道はとても虚しい気持ちになった。途中深井太助さんの家に寄り、差し押さえの前に母が預けた木の火鉢を持ち帰ったのだが、実際の重さの何倍も重く感じられた。

仕事にも慣れ生活も順調に回り出した頃の7月に、子吉川が大洪水に見舞われた。一ヶ月程続いた長雨により川が氾濫するとともに、砂地の土地は雨水を吸収しきれず、国療近くの山が崩れてしまった。その後の流水により、国療施設の床下が削り取られ大被害となった。また更に近くの鉄工所からも雨水が流出し、子吉川へと流れ込んだ。私達が一所懸命に耕した畑が一面水に浸かってしまった。急遽地元の田尻消防団により、松林を切り開いて雨水を海へと流す作業が行われたのである。三日三晩に亘る大変な作業のお陰で、ようやく大規模な山崩れの危機を脱することができた。

結核病はその昔は不治の病であったが、当時は治療薬の開発や栄養状態の改善により、患者数も減少傾向にあった。それが背景となって行政改革が行われ、当療養所も人員削減が行われるようになった。守衛所の廃止やその他作業の縮小が行われ、人員配置の見直しも行われた。そんな理由から昭和29年（１９５４年）９月に、私は作業手から炊夫員として給食係へ配置替えとなった。

国療で働く者は国家公務員であり、法秩序により厳格に管理されている印象であったが、内情としては昔から様々な出来事が発生していた。その一つが国療飯米事件である。それは食糧不足を背景とした一部職員と業者との癒着、更には職員人件費の水増し請求が問題とされた事件である。昭和22年（1947年）10月に事件の裁判が開始された。判決により被告人である炊事係長と炊夫長、それから庶務課長、庶務主任が罰せられ、それぞれ配置替えや他病院への左遷となった。それと同時に、御用商人である八百屋と魚屋は取引業者から外されることになった。

当時私は作業手として働いていたのだが、裁判の傍聴が許され同僚と出掛けて行ったのだ。入ったばかりの国療にこんな事件があることに驚かされたが、当時の世相を考えると、ある意味致し方無い事であったように思えてならない。商売にはある程度馴れ合いの関係があるのは当たり前であるし、経理担当の立場からすれば、苦しい病院経営を少しでも楽にしたいと考えるのは至極当然である。彼らとしては一生懸命職務を遂行したに過ぎない。そういえば御用商人達も生活が苦しいのであろう。納めた食材で作った病院食を炊事場の陰で、こっそり食べていたのを何度か見かけたことがあった。

その年の2月には、病院内にある理髪室より出火したことがあった。原因は清掃職員が薪ストーブの取り灰を消し壺に入れたのを忘れ、椅子の下に置いたままその場を離れたことによるものだった。その時理髪店の担当者は洗濯場に用事があって、数十分留守にしていた。あわてて駆け戻った担当者はパニックとなり、消防ポンプを廊下に置いたまま逃げ出してしまったのだ。火は瞬く間に燃え広がり、倉庫、作業室、看護婦食堂へと延焼してしまった。即座の行動ができなかったことも、被害を大きくしてしまった要因であった。

更に要因は重なった。当日は未明からの大雪で、消火栓が凍りつくなどして消火活動がはかどらなかった。また療養所内には防火扉があるものの、火勢が強すぎて全く効果が発揮できなかった。結局、二つの病棟が消失する大火となってしまった。付近にある桜や松の木も数本焼けてしまった。ただ救われたのは病院職員や患者、誰一人も被害に遭わず避難できたことである。この火災により初期消火の重要性が認識され、防火体制の見直しと水路の確保が必要であるとの教訓が得られ、その後の消防訓練に生かされることになった。

そして遂に、私の職場でも大きな事件が起きてしまった。昭和30年（1955年）7月に給食を食べた多くの患者が食中毒を発症してしまったのだ。保健所による原因調査の結果、調理に使用された水が汚染されていたことが判明した。どうやら貯水槽の中にどぶ鼠が侵入し、その死骸が水を汚染してしまったようだった。死骸を取り除き殺菌消毒が完了するまでの約一週間は、給食を作ることが許されず途方にくれた。

その間の食事は他病院の協力を得て給食が提供されることになり、患者への影響を最小限にすることができた。私達の過失ではなかったものの、この年の5月に私は晴れて調理師免状を交付されており、仕事に生きがいを感じ始めた矢先だけに、とてもショックな出来事であった。

それから十六年が経過したある冬の日、またもや悲劇が起こった。国療は過去にも大きな火災に見舞われたのだが、今度は官舎一棟が全焼する火事が発生してしまったのである。昭和38年（１９６３年）2月大雪の日であった。同僚である島田さんと庶務の佐藤さんの二世帯続きの建物から火を出し、多数の消防自動車が出動する騒ぎとなった。火の回りが早く、延焼を食い止めるので精一杯だった。また官舎前の道路は熱風がすさまじく、人の通行ができない状態であった。

当日私は仕事が休みで、街へ買い物に出掛けていた。サイレンの音に嫌な予感がして急いで駆けつけたものの、深い雪に足元をすくわれ思うように進めず、現場に到着したのは鎮火した後だった。私はつい数年前まで官舎に住んでいたので、他人ごとではなく心配であった。原因は島田さん方のストーブの不始末と断定されたのだが、火元を一方的に押し付けられた節がある。当日中学生の息子が風邪で寝込んでいたのは事実だが、このことを理由に判断されたようである。島田さんは病院から、損害を与えたことで訓告処分が下された。国療は度々の火災発生で、近隣の町民から大いに批判を浴びてしまった。

　仕事の安定が図られると、次は住居のことを考えるようになる。住んでいる石脇の水車周辺は子吉川が左側に折れて大きく膨らんだ位置にあり、これまで水害があると決まって浸水する場所であった。不安な場所に住んでいる実情を、国療庶務主任の本田さんに前から相談していた。作業手の頃から独身寮官舎を借用できるよう申し入れを行っていたが、遂に承認されることになった。

　当時官職（国家公務員）の規定により独身寮官舎に一般職員の入居は禁じられていたが、組合組織も徐々に支援に動き出し、昭和23年（１９４８年）５月に私を含めて四世帯が入居できるようになった。両親達も住居が定まらない極貧生活にあり、私達が入居することで困窮（こんきゅう）な暮らしを少しでも和らげることができるのだった。

　官舎の住み心地は最高で、気持ちにもゆとりが生まれた。休日になると療養所内にある畑でサツマイモ作りを手伝った。収穫時期には官舎の子供達を集めて、一斉に芋掘りをさせる。採れたサツマイモは皆にお裾分けをし、それぞれの家庭でおやつに食べてもらう。それからカント豆もよく作った。カント豆とはいわゆる落花生のことであるが、秋田や青森ではこう呼んでいた。別名南京豆（なんきんまめ）、広東豆（かんとんまめ）、唐人豆（とうじんまめ）、唐豆（とうまめ）などと呼ばれていた。原産地は南米であるから中国とは関係ないのだが、外来種のものを一様にトウ、カラとした昔の名残であろうと思う。寒冷地のためか、はたまた技術不足のせいなのか、現在の落花生のように立派ではなく実入りは一個か二個と少なかった。それでも子供のおやつには最高であった。こうして額に汗しながら、収穫する喜びを一緒に味わうことができた。

人のために尽くすことにも積極的に参加した。満州や朝鮮方面からの引揚者で、母子家庭の人々に食事を提供する支援を始めた。鍋釜と食材を持って本荘町の公民館に出掛けて行き、炊き出しをして食べてもらうのだ。温かい食事に子供は自然と笑顔になり、それを見つめる母親は涙を流して喜んでくれた。今まで苦労を重ねてきた私であるが、ボランティアとして人の力になれることが何よりも嬉しかった。

それから親戚である諏訪さんや佐々木さん家族の宿泊の世話もした。特に佐々木さんは北海道から9月に引き揚げてきたばかりで行く当てもなく、しばらく我家に泊まってもらうことにした。「困っている人がそばにいたら、手を差し伸べよ」との父の教えをようやく実現することができた。住む家を持つことは、これほどまでに人を大きく成長させ、同時に心に安らぎと安心を与えてくれるものなのである。

私の人生最大の汚点、それは国療官舎でボヤ騒ぎを起こしてしまったことである。過去に何度も火災の悲劇を目の当たりにしてきたはずなのに、その教訓が生かされなかったのはとても残念である。何よりも自分の過失で他人様に迷惑をかけてしまったことが、今でも悔やまれる。

その日の朝は雪が降らなかったものの、風の冷たい寒空であった。昭和24年（1949年）2月15日朝6時30分にそれは起きてしまった。全くの気持ちの油断からであった。前夜、石脇の緑町（みどりまち）の友人高橋さん宅に呼ばれ、濁酒をたらふくご馳走になっていた。足取りがおぼつかない状態で雪の中を歩き、官舎に辿り着く頃には夜もかなり更けていた。アヤを起こさないようにと気を遣い、火の元の確認もそこそこにして、着替えもせずにそのままぐっすりと寝入ってしまったのだった。

朝方、炊事場の方からバリバリと音がした。まだ夢うつつの中にあり、かすかに炎らしきものを見たような気がしたが、すぐには理解できなかった。慌てて飛び起きた時には、既に火柱が立ち昇っていた。急いでアヤを起こし、廊下伝いの他の世帯に向け、大声で避難を呼びかけた。その上で男衆に応援を求めて風呂の水や水道を使って、ようやく消し止めることができた。しかし誰かの通報で消防自動車が出動する騒ぎとなり、多くの近隣住民が集まり現場は騒然となってしまった。風がある日であったので、大きな火災にならなかったのが不幸中の幸いであった。

直ぐに原因が調べられ、取灰の始末が悪く、炭入箱の中に火の粉が入り込んだのが原因と断定された。この時の消防官は、偶然にも同級生の田口一郎君であった。なんだかとても恥ずかしい思いがした。翌日警察に出頭を命ぜられ、家の両隣と私とアヤの四人で出向くことになった。警察の事情聴取に対して、私は素直に失火を認め謝罪したのである。関係のないお隣さんを巻き込んでしまい、とても申し訳ない気持ちで一杯であった。特に木内さんは身重の状態での出頭とあって、大変な迷惑をかけてしまった。

消火の際指に怪我を負ってしまったのは、神が私に与えた天罰であろう。幸い軽い怪我で済み、国療で簡単な処置をしてもらった。それから父親を伴って官舎近隣のお宅へ謝りに出掛けた。謝罪の印に母がついてくれた餅を配って回った。困った時にすぐ助けてくれる両親がそばにいてくれて、とてもありがたかった。

当然のように国療に対しては謝罪をしなければならなかった。次のような詫状を所長に提出し、許しを請うことができた。

「御詫状　今般の不始末により居住せる独身官舎の一隅を焼失したる責任は重大であることを認め、如何なる処分を科せられても異議有りません。今後このような不始末を二度と繰り返さぬように誓約致すとともに謹んで御詫致します。昭和24年2月24日

庶務科勤務作業手　楢岡晃一　国立秋田療養所長殿」

この時の教訓から、寝る前の火の始末や戸締りは自ら率先して行うようになった。それともう癖のようになってしまったが、電化製品を使い終わったら、必ずコンセン

トを抜くようにもなった。テレビ、電子レンジ、トースター、石油ファンヒーター、電気コタツなど、ありとあらゆる電化製品を追いかけて、平成の今も私はパトロールするのである。この火事がきっかけとなり、何をさておいても自分の家を持ちたいと念願するようになった。それからというものは黙々と働き、お金を蓄えることに専念した。

藤十郎物語

楢岡家の人々は、悲運の呪縛を未だに解けずにいた。かつて一国の城主であった遠い祖先が城を追われ、大谷という小さな村に流れ着いた。刀の代わりに鍬を持ち、来る日も来る日も荒れた土地を耕した。ようやく安住の地を得て細々と暮らし、その後何代も続いてきた。ところが父の代になり親戚の借金の肩代わりで、大谷村を追われることになった。繰り返される一族の悲劇。その苦悩は収まることを知らない。没落人は這い上がることが許されないのかと、私は神に問いたい。やはりこれも、負のスパイラルの延長線上にあるのだろうか。親族にも悲しい物語が存在する。私が幼少の頃から知っているその人の人生こそ、最も哀れであったような気がしてならない。

昭和6年（1931年）8月の満州事変をきっかけに、日本は軍国主義の道へと歩み出していた。やがては大東亜戦争へと繋がり、私もその戦争に駆り出されることになるのだが、父の弟、つまり私の叔父である樒岡藤十郎さんは、これより十年程前の大正13年（1924年）に自らの志願で、横須賀海兵団に入団していた。この海兵団は大日本帝国海軍の新兵や下士官を教育する場である。成績優秀な叔父は、入団から二、三年後には海軍機関兵曹、いわゆる下士官にまで進級していた。時を同じくして所帯も持てるようになった。ミサさんという秋田美人を嫁に貰っていたのだ。ミサさんは石脇の長谷部五郎さんの娘である。

ある時夫妻の招待を受けて、父と一緒に横浜のお宅を訪れたことがあった。当時まだ5歳だった私は、生まれて初めて汽車に乗った。その時のことは、今でも鮮明に覚えている。出掛ける数日前から興奮が収まらず、夜は中々寝付けなかった。当日わくわくしながら、夜行列車に乗り込んだ。車窓から見る日本海の夕日はとても美しく、赤く染まる風景にしばらく釘付けとなった。しかし途中何度も睡魔に襲われて、必死に眠りをこらえていたものの、いつの間にか夢の中に落ちてしまった。

気付けば朝には東京に到着していた。上野という駅名を告げる声で眠りから覚めたのだが、次の瞬間には人々の足音が続き、私達も直ぐに大都会の渦に飲み込まれてゆくのだった。目に飛び込む景色は秋田とは余りにもかけ離れており、驚きとともに、まるで別世界に迷い込んだような感覚だった。叔父は東京駅まで迎えに来てくれ、横浜まで連れて行ってくれた。下車すると横浜の街並みは通りがいくつも重なっていて、まるで迷路のようだった。幼い私は迷子になりそうで怖く、父の手を握って離さなかった。

ようやくお宅へ到着し、玄関先で妻のミサさんが笑顔で迎えてくれた。ミサさんは和服に割烹着姿で、とても清楚な佇(たたず)まいであった。直ぐに応接間に案内され、私は珍しさの余り、しばらくきょろきょろと見回した。家の間取りは田舎に比べると狭く感じられたが、きちんと掃除が行き届いていて、とてもきれいであった。家にある調度品はどれもしゃれていて、特に棚の上に置いてある西洋式の置時計がとても印象的だった。暮らし向きは当時にしては上等であったと思われる。

翌日は東京見物へと繰り出し、浅草の花屋敷遊園地にある見世物小屋で活人形を見せてもらった。活人形とは人間の動きを真似た精巧な細工がしてある人形で、浅草などの都市部でさかんに興行が行われていた。その時見た人形劇は、子供の私にはとても斬新であり衝撃的であった。兜(かぶと)をかぶった人形が、まるで人間のような動きで餅をついていたのだ。その精巧な動きに一目で心を奪われた。それから横浜の海岸に行き、父と波打ち際で遊んだのを思い出す。その帰り道、私は疲れ果てて父に肩車をしてもらっていた。薄暗くなった空には大きな満月が輝いていて、月うさぎがはっきりと見える。花屋敷で見た活人形と月うさぎの餅つきが重なって、目を凝らして眺めていたのを鮮明に記憶している。

下士官である叔父の人生は順風満帆かと思われたが、軍隊の厳しい訓練の中で悲劇は起こってしまった。甲板上で柔術訓練をしている最中に、相手に投げ飛ばされて頭を強打してしまったのだ。打ち所が悪かったのか、それから体調を崩してしまい、家で寝ていることが多くなった。休みがちを理由に下士官から一般兵に格下げされ、ついに退団を余儀なくされてしまった。

希望を失った叔父は、昭和2年（1927年）に故郷大谷に引き揚げることになってしまった。帰郷はしたものの行く当てがなく、父は仕方なく叔父を我家へと迎え入れることにした。しかし村人の視線はとても冷たく、孤独感に苛まれることになってしまった。ある時藤十郎さんが散歩に行き、えらい剣幕で帰ってきたのを見た。村人から素知らぬ素振りをされたとのことであった。村人は陰ではひそひそ話をしながらも、面と向かうととてもよそよそしかったのだ。村人からはよそ者扱いをされ、寂しい引き揚げとなってしまった。

一方妻のミサさんは固い決心の持ち主。長い髪をバッサリと切り落として、再出発の意気込みを見せていた。ミサさんは石脇の実家に戻り、しばらくは夫婦別々の生活を送ることにした。我家には叔父が横浜から持ち帰った折りたたみの洋式テーブルがあったのだが、それを眺めていると、真新しい光沢の中に悲しい影が滲（にじ）んでいるようで切なかった。

ようやく再起を誓った叔父は、青森から函館間の連絡船に機関士として勤務することとなり、二人で函館に移り住んだ。少し後になって、兄の竜一が叔父を頼って函館に向かった。自分の職を探すためだった。叔父夫婦は新しい地で仲良く暮らしていた。その時の話では、ミサさんは子供を宿していたと聞いたが、その後残念ながら流産してしまったようだ。その事があってから、夫婦仲に亀裂が生じるようになった。毎晩のように酒に酔った叔父は妻に悪態をつき、その度に夫婦喧嘩となってしまう。当然仕事にも身が入らず、とうとう辞めることになってしまった。

今度は函館から戻り、石脇の三軒町（さんげんまち）で生活するようになった。借家に住んでしばらくは仲睦まじい夫婦を演じていたのだが、叔父がとんでもない過ちを犯したことで、家から追い出される羽目になってしまった。その原因が他人の女に不貞を働いてしまった、というのだから目も当てられない。ミサさんが街へ買い物に出ている隙に、家に女を連れ込んでいたのだ。ミサさんが戻りその現場に出くわしてしまったから、もう大変。髪を振り乱しては手当たり次第に物を投げつけ、隣近所の目もはばからず大声で泣き叫びながら、叔父を家から追い出してしまった。ミサさんは、そのまま実家へと駆け込んだのだった。

仮面の夫婦には、夜の営みはなかったのかも知れない。30代で男盛りだった叔父は、我慢できずに事に及んだのであろう。だがこの行為はけして許されるものではない。横浜時代の幸せそうな二人。強い絆で結ばれていた夫婦の糸が解けてしまった。二人はその後、必然のように離縁することになった。

その頃父母が住んでいた水車周辺は、降雨の度に洪水となる地域であり、生活するにとても不安であった。よそへの転居を希望していたのだが、幸いにも町営住宅への入居が可能となった。昭和24年（１９４９年）1月に愛宕山にある町営住宅へと移り住むことになり、喜びもひとしおであった。しかし家族にしてみれば、またしても予想外の展開となってしまった。父は行く当てのない叔父を引き受けて、またもや同居することにしたのだ。家は子沢山の貧乏生活。加えて妹のミチは病弱であり、長年医者通いをしていた。これ以上の生活困窮は許されないのだが、父は弟の過ちを正したい一心であった。弟の行く末を案じ、兄弟として最善の道へ導く覚悟であった。同時にミサさんに対しては、償いの気持ちで一杯であった。

ところが藤十郎さんは父の気持ちに反して、自分の置かれている状況に納得がいかない様子であった。自分の気持ちをコントロールできずに、悶々とした日を過ごしていた。時には物に八つ当たりする場面も見受けられ、自分の不甲斐なさに嘆く姿がとても痛々しかった。この時叔父は、定職にはついていなかった。「働かざる者飯食うべからず」との諺のようにじっとしている訳にはいかず、焚火の燃料となる柴を山から刈り集めるのを日課としていた。作業の合間に堤の前で体操をしたり、水辺に憩う野鳥を眺めたりして、気分転換をよくしていた。近所の人はそれを珍しそうに、遠巻きに眺めているのだった。

心に大きな傷を負ったミサさんは、巷（ちまた）の噂では仏の道へと進んだそうだ。二年程修行して本荘に舞い戻り、しばらくしてから縁があって、大正堂菓子店に嫁入りすることになったと聞いた。戦後私が復員してから、町内で偶然見かけたことがあった。着物姿のよく似合う人が、こちらに向かって歩いてくる。それは昔横浜で見た面影、そのものであった。すぐにミサさんだと悟ったものの、叔父の事もあり、こちらから声をかけることはできなかった。すれ違いざまに振り返って、遠き良き思い出を見送るのが精一杯であった。あの頃の幸せそうな笑顔が思い出された。

食糧難の時代ではあったが、大食漢の藤十郎さんは丼飯を何度もお代わりをする。家計がひっ迫していることを知っている私は、時々実家に行っては差し入れをした。また他にも私にできる心ばかりの援助は惜しまなかった。当時父は保険業務の他に、ラジオ受信料の集金を掛け持ちで行っていた。私は国療勤務も大分慣れて余力が出てきたので、時々ラジオの集金を手伝ったりもした。仕事終わりに父と、酒を酌み交わすのが何よりの楽しみであった。

昭和27年（1952年）2月の夜、ラジオの集金が終わった後に、いつものように父と酒を一杯交わしていた。この時体調が優れず寝ていた叔父が起き出して、「僕にも一杯くれないか」と言い出した。離縁して以来、酒を口にすることがなかった叔父には珍しい行動だった。父は快く茶碗に一杯注いでやると、嬉しそうな顔で飲んでくれた。しかし叔父の顔を見るのは、これが最後となった。

私が帰宅した後、夜更けに叔父が亡くなったと知らされた。国療の小使いさん（現在であれば警備を兼ねた管理人のような仕事）が父からの電話を受け、少し離れた官舎まで伝えに来てくれたのだ。私は医者の診断を仰ぐため、直ぐに義兄の藤田元治さんに連絡をとり、川藤医院へ連絡してもらうよう依頼した。私は実家のある愛宕山へと急ぎ、叔父と対面した。父も母もただ呆然と立ち尽くしていた。翌朝、病院で死亡が確認された。当初死因が特定できず、二日目の朝になって父と私が警察署で取り調べを受けることになった。当日飲んだ酒に毒物を混入したのではないかとの疑いをかけられたのだ。結局、死因は心不全と断定され事なきを得た。あらぬ嫌疑をかけられて、父は相当ショックな様子であった。

　直ぐに元妻のミサさんにも連絡が取られた。葬儀は亡くなって四日後、石脇の石龍寺(せきりゅうじ)で執り行われた。何故石龍寺かといえば、離縁する前にミサさんがお寺にお墓を求めていたのだった。何と気の利く、優しい心根の持ち主なのだろうか。誰もが皆、感謝の気持ちで一杯であった。お経を上げてくれた住職は偶然にも叔父の尋常小学校の同級生で、岩谷麓(いわやふもと)出身の長禅寺(ちょうぜんじ)住職であった。長禅寺は赤田大仏で有名な長谷寺(ちょうこくじ)の末寺であり、石龍寺とは遠縁の関係であった。それで応援に駆けつけてくれていたのだ。お経の後の法話では、昔の思い出話をあれこれと聞かせて頂いた。卒業後にお互いの前途を誓い合ったことを、とても懐かしんでおられた。

　ミサさんは深い悲しみのまま、元夫の死を見送った。大正堂菓子店に嫁いでから、持ち前の明るさと気立ての良さも手伝って、店も繁盛するようになった。いい嫁が来てくれたと店主は大喜びであったのだが、二、三年後に家から出されることになってしまった。理由はただ一つ、子供が産めないことだった。自分ではどうすることもできなく、失意の中、実家でひっそりと暮らしていた。そこへ今回の訃報である。

　ミサさんは長年の気苦労の連続で、とうとう心身のバランスを崩してしまい、横手にある病院へ入院することになった。程なくして、叔父の後を追うように生涯を閉じてしまった。藤十郎さんと同様にミサさんもまた、一族の悲運に巻き込まれた一人なのかも知れない。何とも言い表しようのない、悲しく切ない結末であった。

　夫婦の運命は余りにも非情なものであったが、この二人が辿った人生を振り返ると、つくづく夫婦とは何かを考えさせられる。知らぬ者同士が縁あって出会い、一つ屋根の下で暮らす。お互いの愛を育みながら年を重ねるが、人生いい時ばかりではない。時には喧嘩もあり、どちらかが病に倒れてしまうこともあるだろう。人は一人では生きて行けないのだから、倒れそうになったら後ろでそっと支えてもらう。夫婦とは補い合う関係なのではないだろうか。苦しい時も辛い時もお互い助け合い、慰め合う関係でありたいと思う。

　唯一救われるのは、ミサさんが将来入るであろう叔父のお墓を、求めていてくれたことである。ミサさんは紆余曲折を経て叔父の元へと戻り、今は石龍寺のお墓に一緒に眠っている。これは数奇な運命の物語。ミサさんを想う時、私はハマナスの花を連想してしまう。

うら寂しき砂浜に　その花は
優しい風なびかせて
密やかに　凛と佇む

恋の気配感じた　その花は
恥じらいの笑み浮かべて
可憐な姿　葉に隠す

恋にときめく　その花は
紅紫色にほほ染めて
艶やかに　砂浜を彩る

刹那（せつな）の喜び浸る　その花は
かよわき命憂いて
赤き魂　身体に宿す

別れの時知る　その花は
泣き濡れて疲れはて
刃（やいば）のとげに　儚く朽ちる

第六章　安らぎの風

安らぎを求めて

人生で最も心血を注いだのは、安らぎを得るための家造りである。こう考えるようになったのは、やはり少年の頃のあの忌まわしい経験が影響しているのだと思う。家を失った心の傷が、ずうっと鬱積していたに違いない。また借家でボヤを起こしてしまった反省も手伝って、昭和の中頃から私は家造りに奔走したのだった。

既に田尻に実家を構えていた両親の勧めもあり、近くに住まいを持つことにした。スープの冷めない距離どころか、更にもっと近い実家の真向かいが我家である。これだけ近いと私生活をさらけ出すことにも繋がり、悪く作用する時もあったように感じるが、総体的には色々な面で助かった。

昭和29年（1954年）に石脇財産区の分譲地情報があり、早速応募することにした。抽選の結果、土地50坪の借用許可が決定された。しかし条件は三年以内に建築することを前提としていた。石脇財産区とは土地の管理団体のことである。始まりは江戸時代の石川善兵衛翁の話まで遡る。善兵衛翁は親子5代にわたり、荒涼とした砂丘地帯に松を植林し、砂塵から村人を守ったことで有名であり、郷土の誇りとして地域に語り継がれているのだ。その石川善兵衛翁が植林した土地を管理する目的で、昭和になってから石脇財産区が設けられることになった。

　分譲地とはいっても整地作業はされておらず、業者にやってもらうか、自らの手でやるかの選択が必要だった。お金のない私は迷わず後者を選び、毎日のように田尻の土地に出向いて汗を流した。今ではほとんど見かけることはないが、当時はキツネやタヌキやキジなどの野生動物が沢山いた。裏の松林からひょっこりキツネが顔を出すと、作業の手を休めて眺めることもあった。一帯は松林を切り開いた土地であり、「先住民は俺達だ」と言わんばかりの目つきでこちらを覗(のぞ)き込んでいた。

　木の根っこがゴロゴロとしており整地には道具が必要だが、スコップを買う金も惜しいので、直ぐ上の兄武一より借りることにした。ところが義姉のフミさんに「家建てるのだば、まんず初めにスコップ揃えだら！」と嫌味を浴びせられる始末。今となっては笑い話のようだが、戦後から十年経過したばかりの頃は物資不足であり、スコップ等も高価で中々手に入らなかったのである。

　整地の後は基礎工事である。工賃をできるだけおさえようと、これも自前で行った。海から砂利を運び、セメントを購入して土台枠を造った。後は義弟である左官業の高柳重行(しげゆき)さんに応援を求め、何とか自前でこしらえることができた。

　貯金を全部下ろし、不足分は給与を前借りして、何とか15坪（当時坪1万円）の小さな家を建てる準備ができたのである。着工は昭和30年（１９５５年）８月の運びとなった。棟梁は由利郡の前郷の大工に依頼した。彼は石脇地区のあちこちに現場を持ち、仕事が丁寧だとの評判を得ていた人物である。屋根や外壁の仕事は前郷から三人が派遣され、国療の官舎に泊まり込んでの作業となった。

10月頃には我家の建築が完了していたが、引っ越しは翌年の4月となった。その理由は建築費用に全財産をつぎ込んだので、無一文となってしまったからである。家で使う調度品が揃わず入居を断念せざるを得なかった。それと心配事は、怪我や病気になった時の支払いをどうするかである。家を建ててからは調度品購入と生活費補填のために、夫婦一丸となってよく働いた。防風林の中から枝ぶりの良い松の苗木二本を選んで、記念樹として家の前庭に植栽した。その内の一本は我家のシンボルツリーとして、今でも玄関先で立派に成長している。この時大谷村の家を追われてから、二十六年余りの月日が経過していた。

家は生活の中心となるものである。地に足のついた生活をするには、家が重要であるとずうっと考えてきた。それからも子供の成長を見ながら、住みやすいように増改築を繰り返していった。私の信念としてこれだけは譲れないのだが、借金だけは絶対しないと決めて取りかかった。二回目の増改築は、昭和44年（１９６９年）4月に家の東側に玄関と六畳間を追加した。六畳間は年頃の娘達の部屋にでもしようかとの考えからであった。工事費は倍増の31万円であった。

三回目は家の西側の流し場と風呂場の水回りの改修を行った。新築から十八年が経過し、水回りも大分傷んできていた。それと南側に廊下と部屋を付け足すことにした。子供達が成長するにつれて手狭となった。昭和49年（１９７４年）７月に着工し、費用は更に倍の約70万円であった。

四回目は昭和52年（１９７７年）７月に母屋に二階部分を足し、六畳間と応接間を追加することにした。建築費用はいつの間にか高騰し、総額３００万円余りとなった。そろそろ我家も後継ぎのことを考える時期である。嫁を迎えるには、それなりのスペースがなければならない。六畳間は若者夫婦の部屋にしようかと考えた。そうなると我家には応接間がないので、急なお客さんを通す部屋が必要だった。

増改築は五回にも及んだ。平成２年（１９９０年）９月に甥の鈴村定雄（さだお）さんに依頼し、家の西側に車庫兼二階建てを増築した。その際住宅の近代化に伴って、最近流行りの水洗トイレと温水器式のユニットバスを取り付けた。大規模工事となったため、費用は３１５万円余りであった。実は既に長男が結婚をし、新しい家庭を築いていたので、少しでも便利な暮らしをさせたいとの考えからであった。また車社会となり、どの家庭でも車が必需品となった。雪国では車庫はなくてはならないものであり、便利なシャッター付きにした。「家は一生のうち、三度建てなければ本当のいい家にはならない」と言われるが、出来栄えはともかく、私はそれを遥かに凌ぐことができた。当初からすると建坪は二倍の32坪にすることができた。

玄関先に植えた松の木が年輪を重ねて少しずつ大きくなるように、我家も少しずつ増改築し、快適な空間となるように努力は惜しまなかった。幸福とは、安らぎのある家から生まれるのではないだろうか。何より四人の子供達が、ここから立派に巣立ってくれたことが大きな喜びである。

自分が眠る墓は自分で用意するというのが持論であるが、ようやくその願いが叶うことになった。昭和46年（1971年）9月に念願の墓が完成となった。墓は自宅近くの共同墓地にあり、歩いて2分とかからない場所にある。施工はまたしても義弟の重行さんに依頼した。これにより人件費を大幅にカットすることができ、わずか4万円で造ることができた。墓石は当時としては珍しく横置きに配置し、名前の上には家紋の丸三階菱が彫ってある。台座の周りを化粧コンクリートで覆っている、モダンな造りである。52歳の若さで建てた墓は自慢の種であった。実家の母や弟利一と重行さんを家に招待して、酒席を設けて祝うことができた。これまでの私の行いは、嬉しいことに全てが順調に推移している。

実家の土地は大谷村出身の田沢ヨシさんより、100坪程の原野を借り受けたのが始まりである。昭和28年（1953年）頃から開墾を始めたものの、気の遠くなるような作業の連続であった。土地には松の根っこがゴロゴロと転がっており、それを一つひとつ掘り起こして取り除かなければならない。母は愛宕町の町営住宅から一時間もかけて通いつめ、来る日も来る日も汗水を流した。女手一つでの作業はとても大変で、仕事が早く終わった時には加勢した。勿論であるが、休日は父や私も作業に加わった。

長い年月をかけた整地作業もようやく終わり、思い通りの土地となった。最終的には約500坪の土地を開墾し、畑作りもできる広々とした土地を得ることができた。実はその数年前に、家の継承問題が浮上していた。その結論を得るまでの数ヶ月間、父の心は相当揺れ動いていたようだ。本来であれば、長男の正一に家を継いでもらうのが妥当であろうと思うが、正一は当時勤務していた秋田市にある肥料会社を定年間近であり、自分なりに安住の地を探していた。息子の正男が東京で工場を営んでいたこともあり、東京方面行きを模索していたのだった。

父の方は郵便局を退職しなければならない時期にあり、老後の生活を考えなければならなかった。老後の安定のために家を建てるのか、それとも長男の正一と関東方面で一緒に暮らすのかを選択しなければならなかった。母にも子供達にも相談もできず、悩んだ末に自分で決断を下したのだった。結局退職金15万円を投じて、家の建設に着手することにしたのである。田尻に家を建て、後で子供のうちの誰かが家を守ってくれるとの信念からであった。

土台は川から拾った数十個の石を台石とした。一人ではどうしても運べないので、砂利採取人の久五郎さんに依頼し運んでもらった。建築は田尻の大工佐久助さんに依頼し、いよいよ杉皮屋根の15坪の家を建てることとなった。父は生活資金を得るために、ラジオ受信料の集金はその後も続けていたので忙しく、家の交渉事はほとんど私がやった。こうして念願の家に、ようやく辿り着くことが出来たのだ。これまで苦労の連続であっただけに、完成した時の父母の喜びはとても大きなものであった。継承問題についても目途がたち、話し合いにより八男利一が楢岡家の跡取りになることで落着した。家の新築と承継問題の解消で二重の喜びであった。

別れの日

人との別れは突然やってきて、いいようもない悲しみを連れてくる。死を迎えることは人として避けられないことだと理解はしているものの、最愛の肉親を見送らなければならないのは、この上もなく辛く悲しいことである。我家は十四人の子沢山であったが、栄養事情や医療体制が乏しかったせいか、五男の仙一と二女のハナ、それから九男の信一の三人が早世している。また六男の喜一は大東亜戦争で戦死しているので、この時点で兄弟は十人となっていた。

実家と我家の安住の地が確保され、生活もすっかり落ち着き始めた頃、三女ミチの病状が気掛かりとなった。元々病弱であり家で療養していたのだが、天理教会の勧めもあり働きに出ることになった。商店販売員として新潟で働き出したのは、昭和31年（１９５６年）4月のことであった。初めての仕事に、希望に胸を膨らませていたはずだった。ところが慣れない接客で気を遣い、体力を消耗したせいか体調を崩してしまい、わずか一ヶ月余りで帰郷することになった。戻った翌朝には床から起き上がることができず、そのまま長い間病床に伏してしまった。医者に診てもらっても、一向に快方に向かう気配がなかった。

両親はできる限りの看病を試みた。時には身体に何かが憑依しているのではないかと疑い、祈祷師を呼んでお祓いをしてもらったり、時には病気に良いとされるサルノコシカケを山から採ってきて、煎じてお茶として飲ませたりもした。このサルノコシカケであるが漢方薬として有名であり、中国では紀元前1、2世紀頃から薬物書に記述がみられるキノコの一種である。色々と試したがよくならず、最後は医者に高価な薬を投与してもらい、少しは寿命が永らえたものの、結局病に打ち勝つことはできなかった。

昭和36年（1961年）1月の年明け早々に家族に看取られながら、ミチは享年33の若さで逝ってしまった。思い起こせば、身体の弱いミチにはいつも心を寄せていた。ミチも何かと私を頼りにしてくれていた。比較的病状が落ち着いたある夏の日、象潟にある奈曽の白滝を訪れたことがあった。妹で四女のアキや五女のチヨ、それから私の子供達を含め、皆で楽しいひと時を過ごした。記念写真を眺めると、当時が懐かしく思い出される。まるですみれの花のように、可憐でつつましやかで、さりげない人生であった。

さまよいゆけば野の花の
乙女のごときすみれ草
うるわしきその花の
はかない涙か朝露か
泣きぬれて過ぎし日を幾日か
想いわずらいつかれはて
てんでに変われしその姿
熱き涙こぼれおち

　それから間もなく父善兵衛が、ミチの後を追うようにして逝ってしまった。ミチの死を重く受けとめる余り、心労で体調を崩したようだった。床に伏すようになってからは、あっという間に体力を失くし、とうとう起き上がることさえ出来なくなってしまった。実はこの時末期の胃癌を発症しており、気息奄々な状態が続いていた。ミチが亡くなって四ヶ月後の5月早朝、静かに息を引き取った。享年69であった。いつもは父の部屋の窓から松林がきれいに見えるのだが、その日ばかりは松の緑が霞んで見えた。花粉が風に散らされ、一面黄色いベールに包まれているようだった。とめどなく流れる涙が霞を一層深くしていた。

　父の人物像を端的に表現するならば、物静かで真面目な人間であった。人に対してはいつも低姿勢であり、物腰は柔らかく、誰にでも優しく接する人であった。その反面心悩むことがあれば、陰で母に八つ当たりしてみせる子供のような一面もあった。兄達は一様に、父はとても厳しく怖い存在であったと言うが、私の記憶では子供を叱ることがほとんどなく、逆に優しかったように思う。もし兄達が言うように厳しかったとすれば、変遷の原因は家の没落が影響しているのではないかと思われる。家の借金が元で天理教へ入信し、自らを厳しく律して修練に励んできたからこそ、子供達にも厳しく接していたのだろう。信仰については単に神を敬うばかりではなく、心治しの信心であるべきだと常々話していたのを思い出す。

それから父はこんな遺訓も残してくれた。「物事起ぎだ時は必ず原因さ考えれ。馬鹿くせと思わずとことん最後までやれ」、「夫婦、兄弟は仲良ぐ、他人様には優しぐ、人への心遣いは忘れでならね」と。私の人格を形成する上で、この教えはとても重要であった。けして多くを語らぬ父であったが、自分の後ろ姿をしっかりと見せてくれていたように思う。

あなたに生きる力を与えよ
紅色に染めて
あなたの頬を照らし
あなたの瞳に届け
まばゆいこの朝の光よ

にぎやかな小鳥のさえずりよ
あなたの耳に届け
あなたの記憶を呼び覚まし
息吹を添えて

あなたに生きる力を与えよ

あなたの命は
この世とあの世を
行ったり来たりしながら
もがき苦しみ
それでも必死に闘っている

あなたの命を
取り留めたくて
かすかな鼓動が聞こえる度に
手を強く握り締め
祈る想いで寄り添っている

その日は突然やってきて
黄色に霞んだ松の林の方へと
あなたの魂は歩いていき

更に続く砂丘を抜けて
母なる海へと帰っていった

溢れる涙で霞が深まり
あなたの死を前に
戸惑うことしかできなかった
あなたの背負った運命の重さを
推し測ることすらできなかった

あなたは立派に生きられた
あなたはわたしの誇りだった
あなたが蒔いてくれた幸福の種や
あなたが教えてくれた道を
わたしは辿って歩いてゆく

父が亡くなって二十七年の時が経過して、長生きだった最愛の母も逝ってしまった。

昭和63年（1988年）12月半ばに、子供や孫達に見守られながら91歳の生涯を閉じた。父を助け、子供を育て、身を粉にして働いてくれた。貧乏生活の連続であったが、家庭にはいつも笑顔があふれていた。それは母の力の偉大さだと思う。またとても子供想いでもあり、愛情をいっぱい注いで育ててくれた。そんな母を思い返すと、ふと寒い冬の夜のことを思い出す。

雪いっぺ降る夜だば
おっかさんの胸に抱がれて眠りでじゃ
足しゃっけがら股のどごさ入れで温めでけれ
眠れねがら歌っこでも唄ってけれ
昔だばいっつもしでけだけな
いっつもそしでけだけな
おっかさん若どぎなば
胸大ぎぐで温げけな
小ちぇぐなって抱がれて
ぐうぐう寝だっけな
おっかさん白髪増えだねが
おっかさん背小ちぇぐなったねが

おっかさん　おっかさん
昔(むがし)みったにいっしょに寝でけれ
こんたに寒(さ)び夜だば
おっかさんの胸さ抱(だ)がれて眠りでじゃ

母についてはどうしても忘れられない思い出が残っている。これは母の優しさと偉大さを示す逸話である。戦地で病死した六男喜一の遺骨が、昭和29年（１９５４年）11月に九年振りに実家へ帰ってくることになった。海軍航空隊に入隊した喜一は昭和20年（１９４５年）11月に満州で戦病死したことを、昭和25年（１９５０年）３月の戦病死公報で知らされていた。

知らせを受けた時の母は居ても立っても居られずに、復員を果たした戦友の元へ一人で尋ねて行ったのであった。今まで一人で遠出することのなかった母だが、我が子の最期を知りたい一心で、仙北郡の見知らぬ土地まで出掛けて行ったのだった。母は息子の死を簡単に認める訳にはいかなかったのだろう。

家族は遺骨を目にするまでは半信半疑の面持ちであったが、しかし喜一の遺骨は届いてしまった。当日、遺骨を受け取る両親の背中が、とても小さく見えたのは私だけだろうか。特に母の悲しみはとても深く大きかった。手塩にかけて育てた息子を戦争で亡くした母親の気持ちを、簡単に推し測ることはできなかった。田尻町内の有志の方々も出迎えてくれた。当日はこの時期には珍しく穏やかな天気で、この悲しみを打ち消すような日本晴れであった。

父や母は満足な一生を送れただろうか。いつまでも親は子を想い、子は親を想うものであるが、私は心配ばかりかけてしまった。問題が発生してもその都度救われて、軌道修正をすることができた。だがしかし、親孝行の一つもしてあげられなかったのは残念である。墓前に向かって悔いる日々である。

時は平成へと移り少し落ち着きを取り戻した頃、今度は兄弟を相次いで失うこととなり、またもや失意のどん底へ突き落とされてしまった。平成5年（1993年）4月、三男武一の再入院と長女ハルの死去が重なってしまったのは、とてもショックな出来事であった。

兄武一は平成4年（1992年）7月に、糖尿病で本荘市内の藤田病院に入院したのが最初である。その後秋田市にある秋田大学病院へ転院となり、今回はまた元いた病院へ再入院という形であった。大学病院の検査で腎臓癌に侵されていることが分かり、長い闘病生活に入ることになってしまった。突然襲ってくる痙攣（けいれん）と痛みとの闘いでもあった。それでも入院当初は気丈に振る舞い、姉に対しての気遣いも忘れなかった。「もうハルだがら、姉には家さ帰ってもらいでぇ」と冗談交じりで、励ましの声を送っていたのを思い出す。

一方姉のハルは平成5年1月に、腰痛のため市内の田口整形外科医院で診察を受けていた。診察の結果、持病の糖尿と血圧が悪化しているのが分かり、総合病院である藤田病院にその日のうちに入院となった。娘梅子の世話を受けながら回復を待ったが、容態が急に悪化し、医者から身内に会わせたい人がいるなら、今のうちに連絡をするようにと告げられていた。そこで2月後半に、沼津にいる三男忠雄を呼び寄せることになった。それから次の日には長男の達雄が北海道から、二男の信雄が大阪から駆け付けた。最後まで信雄のことが心配な様子であった。信雄は四人の子供をもうけていたが、定職がなく生活が大変であったから、自分と同じような苦労をさせまいと気にかけていたようだった。

姉は少し容態を持ち直したかのようであったが、4月に兄弟、子供、孫達に見守られながら静かに目を落とした。死の淵で、亡き父が好きだった「箱根八里」でも聴いていたのであろうか。人生の山を登り終えたかのような表情で、とても安らかな顔であった。この世を一生懸命に生き抜いた姉は、心不全のため享年80で亡くなった。常に親の苦労を想い、人生の先が見えない中にあっても真っ先に自分を犠牲にして、必死に頑張る姉であった。楢岡家の長女として、最後まで家を守り抜いてくれた人生であった。火葬の段になり、私は姉との別れを惜しみ、このまま時間が止まってくれるよう願ったのだった。

若き娘時代には家の借金の形で、赤田の勘三郎さんの所へ奉公に行っていた。化粧の一つも出来ずに、食べたい物も我慢して、住み込みで働く毎日であった。その後石脇田尻の能登屋さんに誘われて、農園労働者としてブラジル行きを決意したのだが、親の猛反対に遭い取り止めとなった。当時一獲千金を狙って、多くの日本人がブラジルへ移民して行く時代であった。コーヒー農園には金のなる木がある、そう信じた人々だったが現実の生活はとても厳しかったようだ。言葉や習慣の違い、慣れない土地での生活や、低い賃金で過酷な労働を強いられる中で、病気などで多くの人が命を落としたと聞く。今となっては行かずに済んで良かったのだと思う。

しばらくして嫁に行く年頃となり、亀田の農家に嫁いだものの、親があまりにも厳しい人で、わずか三日で逃げ帰ってしまった。すると今度は本荘の石屋の伊藤さんの世話で、藤田元治さんと知り合うことになる。お互い貧乏で境遇も同じことから意気投合し、進んで嫁となった。六人の子供をもうけ生活は大変であったが、心はいつもにこやかで、太っ腹で男勝りな性格であった。本荘のお祭り（八幡神社祭礼）がある時には、必ず我々兄弟を招待し料理を振る舞ってくれた。

また誰よりも子供想いで、子供のためならどんな苦労もいとわなかった。不憫（ふびん）な想いをさせないようにと、子供の成長に合わせて何度も住居を変えていた。そして子供が成長し大人になってからも、何かと世話をやいたのだ。仙台で働く五男の茂雄が、サラ金に手を出し百万円の借金をした時も、解決のため仙台の金融業者に乗り込んだことがあった。そんな風に肝っ玉の据わった豪快な人柄であった。

姉が亡くなってから一ヶ月程して、後を追うように兄武一も75歳で逝ってしまった。5月半ばに容態が急変し、最期は心不全により息を引き取った。前日激しい痙攣に見舞われたが、周りの者はどうすることも出来ず、ただただ現実を見守るだけであった。病の痛みに耐え忍んだ最期であった。兄もまた兄弟の結束には、人一倍の力を注いでくれた。歴史好きで博学多才な兄は、家系図の取りまとめや、従兄弟会を主催するなど尽力してくれた。二人とも兄弟が仲良くすることを一番に考え、行動してくれた。本当に惜しい兄弟を亡くしてしまった。

それから三年後、平成8年（1996年）3月初めに、今度は二男の竜一が80歳で亡くなってしまった。兄弟が一人減り二人減り、しみじみと寂しさが湧いてくる。今年で喜寿を迎える私は、次は我が身かと急に心細くなってしまった。

老いというものは、とりわけ足腰の弱りからやってくるらしい。兄は一年前に脊髄疾患を発症してから歩くことが出来なくなり、富士市にある病院に入院をしていた。

その間手紙を通じて安否は確認していたものの、今回の急な知らせを受けて驚きを隠せなかった。亡くなる二日前に連絡を受け、すぐさま静岡まで駆けつけた。七男の雄一と八男の利一を伴って、夜行バスに乗って秋田から病院へ直行した。意識が弱まりつつあった兄は、皆が会いに来てくれたことを大いに喜び、指先を動かして反応してくれた。

これを見て、ひとまず大丈夫と安心した私達は病院を後にした。この後埼玉の長男の所へ立ち寄る予定であった。近くのラーメン屋で昼食を済ませてから、電車で移動しようとした矢先、病院に詰めていた家族から呼び止められることになった。急いで病室に戻り、容態が急変した兄の最期を看取ることが出来た。これも兄が私達に行くなと引き留めてくれたお陰かと思われた。きっと兄も私達に会えた安心感で、穏やかな眠りにつくことができたのではないだろうか。

私が兄に対して想うことは、恐らく他の兄弟も同じように感じているだろう。長年故郷から遠く離れて暮らし悠々自適な生活を楽しんではいたが、歳を重ねるにつれて人との語らいも少なくなり、最後は病に倒れることになった。一人故郷に思いを馳せては、寂しい思いをしていたのではないだろうか。せめて長男に嫁をもらい、孫でもいたのなら違っていただろうと思う。

幼少の頃を思い出すと、兄はとてもやんちゃで負けず嫌いであった。兄弟喧嘩の時は、相手が誰であろうと立ち向かっていった。それから、ある年のお正月に茶の間で手に火傷をしたことがあった。茶の間の囲炉裏にかけていた鍋に、誤って手を入れてしまったのだ。恐らく煮ていた小豆でもつまみ食いしようとしたのではないだろうか。お正月で皆がくつろいでいた所で、大騒ぎの出来事であった。また今度は夜中に寝ぼけて便所に落ち、一命を取りとめる騒ぎを起こしたこともあった。

そんなハチャメチャな過去を持つ兄だが、見違えるように立派な青年となっていた。私がまだ20歳で世の中に惑いを感じていた頃、横浜の日日製粉で働いていた兄と一緒に暮らしたことがあった。コックとして日本郵船に乗船するまでの間、お世話になった。振り返れば、私は兄竜一の影をずうっと追いかけてきたような気がする。本荘の大正堂菓子店に勤めることになったのも、兄の身代わりのようなものであったし、秋田からふらりと東京方面に飛び出したのも、兄がいたからでもあった。戦後は横須賀に戻り、進駐軍相手に食事を提供する仕事に就き、随分と金を稼げるようになった。とても裕福な暮らしをしていたので、兄弟達にはとても羨ましがられていた。

残された妻と長男のこれからの身を案じながら、帰郷の途に就くことになった。悲しいかな、私達兄弟の老いの現実を知る出来事があった。バス乗り場への連絡通路が分からず、東京駅の広い通路を何度も往復することになってしまった。右往左往しながら、ようやくバス乗り場まで辿り着いた時は、夜行バス出発の10分前だった。

父母や兄弟が次々と亡くなり、残る兄弟は私も含めて六人となってしまった。高齢なる現実は時には私を弱気にさせる。最近耳が遠くなり、以前に比べて足腰もままならない。身体が言うことを聞かなくなり、家族に迷惑を掛けるようになったら大変である。そうならないように、ひたすら祈る毎日である。そして亡くなった家族のことを偲び、これまで歩んできた人生を振り返る。今こうして幸せな人生が送れているのは、家族や肉親のお陰である。様々な教えを受けたことに対して、改めて感謝の気持ちを忘れてはならないと思う。

子育て

これまで数々の苦難を乗り越えることができたのは、四人の子供がいてくれたお陰である。どんなに辛いことがあっても、子供の笑顔を見ることで救われた。戦後の何もない時代をアヤと二人で歩み出し、苦労はあったものの、子育てすることで私達夫婦は幸せを噛みしめることができた。

生活も大分軌道に乗った頃、アヤの妊娠が分かったのだ。初めて出来た子供に大いに歓喜したものの、わずか八ヶ月後に夢が打ち砕かれることになってしまった。昭和

24年（1949年）8月、アヤが加藤産婦人科医院に入院となったが、子供は一度も産声をあげることがなかった。我が子は体重わずか850gの命短い息子であった。翌日悲しみの中、アヤの実家である俵巻の墓地に埋葬されたのだ。

しかし幸いにも、その二年後の昭和26年（1951年）2月に長女綾乃（あやの）が誕生し、生きる望みを取り戻すことができた。綾乃は朝方に国療の官舎で産婆（さんば）（助産師）により取り上げられた。体重2630gの小さな身体から発せられた産声を聞いた時には、飛び上がって喜んだ。ところが生後八ヶ月で大腸カタルと診断され、二度の輸血を行うことになってしまった。大腸カタルとは今で言うところの細菌性大腸炎のことで、下痢や血便の症状が続くものである。幼い身体で必死に病気と闘う姿がとても痛々しかった。しかし医師の懸命な治療により、命を取り留めることができた。

その後は少しずつ元気を取り戻し、歌と踊りが好きな少女へと成長することができた。地元の女子高校を卒業した彼女は、これも地元の大手食品メーカーに就職した。社内恋愛の末、昭和50年（1975年）5月に鹿児島出身の男性とめでたく結婚をした。夫は転勤で三重や鹿児島、茨城など全国を渡り歩き、最終的に会社の執行役員まで昇り詰めたエリートである。綾乃は子供三人を育てながら、夫を陰で支える良妻賢母として頑張り通した。大事な娘であればこそ、そばに置いておきたいとの希望もあったが、これも縁であり致し方ないと思っている。

次も女の子を授かった。昭和27年（1952年）7月に琴枝は生まれた。琴枝は二女ということもあってか、手のかからない子でありとても育てやすかった。誰に似たのかとても足の速い子で、中学では陸上部で活躍し由利郡大会で一番の記録を残したのである。その記録はしばらく破られなかったようだ。

社会人となり、四、五年秋田市の電子部品メーカーに勤めていたが、天理教の知人の紹介で交際が決まり、昭和51年（1976年）8月に結婚を前提として、天理教の修養科で修行した。静岡市で板前として働いていた男性と翌年4月に晴れて結婚した。秋田の郷土料理を中心とした飲食店を出し、二人で切り盛りしながら三人の子育てに奔走した。出産の時には私達が秋田から出向き、孫の面倒をみたりした。夫は人情味溢れる性格で、それでいてユーモアがあるので、小さいながらも店は繁盛した。秋田県人会で伊豆の民宿などへよく旅行したりしていたが、私達も招待されて楽しませてもらった。

三人目は待望の男の子であった。昭和29年（1954年）1月の寒い日の早朝、晃生は生まれた。長男ということで実家や親戚からはとても祝福された。元気にわんぱくに育っていたので特に心配もしていなかったのだが、中学に入る前に障害があることが判明した。学習障害と診断されてからは、常に行動に注意しフォローしてあげる必要があった。

ある時こんな出来事があった。ある夏の夕方、晃生が家に帰ってこないと大騒ぎになった。近所の人も加わり、夜中に海岸沿いや近くの防風林を探し回ったが見つからなかった。真向かいに住んでいる母からの助言で家の押し入れを探すと、あろうことか布団の中で埋もれるようにぐっすりと眠っている晃生を発見した。何ともお騒がせな一場面であった。

そんな彼も中学卒業後は住込みで左官業の見習いをし、一人前の左官職人となることができた。その後知人の紹介で昭和57年（1982年）4月、我家に嫁を迎えることができた。翌年には男の子も誕生し、楢岡家の後継ぎとして大切に育てられた。

四人目も男の子であった。晃英（こうえい）は昭和32年（1957年）5月夜遅くに生まれた。この頃アヤは35歳と高齢出産に近かったため、産むのにとても苦労した。産んでからも母乳の出が悪く、山羊の乳を代用して飲ませる有様であった。そのせいか虚弱体質で、直ぐに熱を出したり腹を壊したりした。特に胃腸が弱く、6歳の時に市内の猪瀬医院に入院したことがあった。健康面ではとても心配な子供であった。また四人兄弟の末っ子のせいか、甘やかして育てた感がある。しかしすくすくと成長し、高等専門学校を卒業して大手医薬品メーカーへ就職した。昭和60年（1985年）4月に社内結婚で地元の女性と結ばれ、三人の子供をもうけることができた。

ただ一点だけ気掛かりなことがある。それは住んでいる所が、福島県浜通りの原子力発電所の近くであることだ。何度か訪れたことがあり風光明媚ないい所ではあるが、原子力発電所というのがどうも引っかかる。国が進めるエネルギー政策なので安全は十分担保されているとは思うが、戦争経験者の私としてはどうしても原子爆弾を連想してしまう。取り越し苦労であればいいと願っている。

四人の子供が家庭を持ち、それぞれ幸せに暮らしていることがこの上もなくうれしい。子育ては一筋縄ではいかなかったが、父母や親戚に支えられてここまで来ることができた。子供達にはひもじい思いをさせないように、夫婦は一生懸命となって働いた。気付けば十人の孫に囲まれて、戦友会に参加するついでに福島、静岡、三重、鹿児島へと、孫のいる所を巡ることが何よりの楽しみとなった。

第七章　終焉の風

死の淵で

私の人生の分岐点となるのは、やはり胃癌の発症であろう。これまで平穏無事な生活を送ってきたが、突然、奈落の底に落とされることになった。考えてみれば必死に走ってきて、自分の健康を気遣う余裕もなかった。だが癌を発症したことで、自分を見つめ直す機会を得たのは大きな収穫でもあった。また死の淵を彷徨うような体験を通して、多くのことを学ぶことが出来た。

国療を定年退職する三年前の4月のことであった。発端は定期の健康診断で、胃の異常を指摘されたことが始まりである。更に別の病院、青田医院で再検査をしたところ、手術が必要との診断であった。それを聞いた時はとてもショックで、それから数日間は眠れない日が続いた。私の一番下の息子はまだ学生であり、卒業するまで数年は働かなくてはならない。ここで病に倒れる訳にはいかなかった。不安な日を送りながらも、意を決し紹介状を携えて地元で有数な総合病院の門をたたくことにした。すぐさま精密検査が必要とのことで、医師から入院要請を受けた。入院日は昭和53年（1978年）5月4日である。内視鏡による検査と胃内壁の生検による精密検査で、やはり胃癌であることが判明した。5月22日には手術を決行する段取りとなった。

しかし入院してから手術を決定するまでの間、私の心は大きく揺れ動いていた。手術には本人の同意が必要であり、医師から促されていたのだが、中々決心がつかなかったのである。それまで自覚症状は全くなく、食欲も旺盛で、日課の晩酌は欠かすことがなかった。何の問題もなかっただけに、手術のリスクを考えると簡単に踏み切れなかった。残されるであろう家族のことを思うと、夜も眠れなかった。当時の胃癌手術の成功率はそう高くはなく、術後の経過が悪く亡くなってしまう人の情報を多く耳にしていた。しかし手術をしないことで、命を短くしてしまうことも考えられる。何もせずに後悔するよりは、自ら動く方がいい。結果は全て運命に委ねることにし、手術を決断したのだった。

手術三日前の19日に一時帰宅が許され、久々に家族団らんの中で過ごすことができた。家で食べる食事はとても美味しかった。手術前に英気を養うことができ、気持ちも和らいだ。手術当日は家族や近親者に見守られながら、午後1時半に手術室へと向かった。手術台に運ばれるまで緊張と不安で心が押し潰されそうになるのを感じていたが、全身麻酔により手術直前には意識が遠のいていた。執刀は高野担当医により行われた。腹の上部を切開し、胃の三分の二を切除する大手術であった。大量の輸血も並行して行われた。

七時間にも及ぶ手術が無事終わり、目が覚めると私は集中治療室（ＩＣＵ）の中にいた。ベッドの中で宙を浮遊しているような感覚に見舞われていた。体の中のあらゆる臓器が空っぽとなり、もう自分の身体ではなくなったような感じがした。手術から長時間経過していたにもかかわらず、家族や近親者はそのまま待機してくれていた。感謝の気持ちを伝えたいのだが、酸素マスクを付けているので話せない。目だけでの挨拶となった。入院中、家族は献身的な看護をしてくれた。特に近くに住む長女綾乃には面倒をかけた。娘がいることでアヤも安心することができた。できれば娘は側に置いておきたいものだが、長女の夫が鹿児島出身で転勤族、二女琴枝の夫は静岡で料理人をしているとなれば致し方あるまい。

これから先は療養に努め、一刻も早く退院し、職場復帰を目指そうと思った。ところが輸血が原因で肝炎を発症しており、微熱が数週間続く状態となってしまった。そのせいか食欲もなくなり、水を飲むのが精一杯であった。体力が低下する中、運動不足解消と気分転換のつもりで病院屋上に出掛けることを日課にした。家のある方角を眺めては、早く帰れるように祈ったりもした。その祈りが通じたのか、入院から二ヶ月振りにようやく退院できることになった。

当日は我家へ帰れる喜びで一杯であったが、身体が思うように動いてくれず、フラフラの状態であった。元の生活に戻るまでは、かなりの時間を要するであろうと思われた。食事が満足に得られず、口の中に少し入れると腹全体が圧迫され、それ以上食べられない状態が何日も続いた。そんな時には昼夜問わず外へ散歩に出掛け、胃の中がこなれるようにとにかく動き回った。それから術後から気になっていたのだが、口から発せられる声が自分のものでないような感覚に悩まされていた。麻酔が原因ではないかと疑い、医師に相談してみたが原因は分からなかった。声の違和感は一年ぐらい続いたが、そのうち自然と気にならなくなった。

すっかり体力も回復し始め、9月には復職を果たすことができた。定期的な病院通いはその後も続いたが、完治するまでは長い期間をかけなければならないと、自分に言い聞かせたのだった。ところが手術から一年後の定期健診で、またもや再検査を指示されることになった。もしや癌が再発したのかと一瞬ひやりとしたが、精密検査を受けて異常なしとの診断でひとまず安心した。それでも真の安心は得られず、心は常に再発に怯えていた。

藁にもすがりたい、そんな気持ちであった。たまたま二女の琴枝がいる静岡に遊びに行った際、ある宗教団体の透視や病気治療で有名な先生に透視をお願いしたことがあった。結果、胃は大丈夫とのお墨付きをもらい、安堵をして秋田に帰ってきた。今まで祈禱とか占いとか、はたまた密教的なものは胡散(うさん)臭いものと思っていたのだが、病気で弱った心は何でも受け入れてしまうようだった。

それからしばらく職場で働いていると、右の耳が遠くなっているのを感じた。そういえば最近、同僚の話が聞き取れず、聞き直す場面が多くなったようである。これも手術の後遺症ではないかと疑い医師に相談してみたが、単なる老化現象であるとの見解であった。このところ肝機能の数値も高くなっており、少々気弱になっていた。職場の先頭に立つ身であり、業務に支障をきたすことだけは避けなければならない。考えたあげく、とうとう退職を決意することにした。

これまで人生の大きな山を、いくつも乗り越えてきた私である。生死を分ける体験を何度も経験し、その都度見事に生還してきた。だがこれからは心と身体を労り、ゆっくりと休むのも悪くない。昭和56年（1981年）4月に、三十四年間お世話になった国立秋田療養所を後にした。

お陰で今日のこの日まで癌の再発もなく、順調な回復振りである。肝炎の薬は未だに続いているが、少しずつアルコールも飲めるようになっていた。しかし耳の衰えが進み、平成4年（1992年）頃より補聴器が手放せなくなってしまった。老いてゆく侘しさを今、噛みしめている。

老いてまた

　仕事が生き甲斐であった私には、これといった趣味がない。退職をしてから、暇を持て余す日々が多くなってしまった。そこで父の遺訓である「他人と仲良くすること」を実践してみようと思い、老人クラブへ加入し地域の人々と親睦を深めることにした。昭和57年（1982年）に妻のアヤも一緒に、田尻町内の老人クラブに入会した。活動内容は地区公民館の花壇への植栽や、小学生の交通見守り隊などであった。その他に年二回程の温泉旅行や、毎年敬老会を開催したりして楽しんだ。

　その後、田尻町から浜松町（はままつちょう）へ分町するタイミングで一時退会し、昭和59年（1984年）3月に新たに「はまなす会」を結成することになった。初代会長が太田さん、私が副会長として浜松町老人クラブがスタートした。最初の頃の運営は、手探り状態であった。私の力量不足と視野の狭さもあり、皆の意見をまとめるのに一苦労であった。人の上に立つことが、これ程までに大変に思ったことはなかった。しかし様々な人の意見を聞くうちに理解が深まり、気軽な関係を築くことができるようになった。何事をするとようやく軌道に乗り出し、楽しい会合を催すことができるようになった。何事をするにも、人の和が大事であることを痛感させられたのである。

大東亜戦争から帰還して十二年後の昭和33年（１９５８年）４月に、第24野戦航空修理廠戦友会、通称隼会が発足された。私は会発足から三回目に当たる、昭和35年（１９６０年）４月の東京大会から参加した。同じ戦場で戦った者同士がこうして一堂に会し、戦時を思い出しながら酒を酌み交わすことは、明日への生活の糧ともなる。時間の許す限り、できるだけ参加したいと考えていた。

昭和51年（１９７６年）６月の北陸福井の芦原温泉大会には、アヤを伴って参加することにした。考えてみれば戦場へ送り出す方の女性達も、戦争を戦った同志といえるのではないだろうか。彼女らこそ、称賛せねばならない。そういう意味でも、戦友会に妻を伴って参加することが歓迎された。また途中から第24野戦航空修理廠の15年兵（同期兵）を中心とした戦友会も発足し、こぞって私も参加した。昭和57年（１９８２年）４月の山形大会はあつみ温泉からのスタートであった。この頃は仕事を退職し、子供もそれぞれ独立し、少し時間にゆとりが生まれた時期でもあった。

昔を懐かしみ、友情を育む楽しい戦友会ではあったが、旅行の直後に悲しい知らせが舞い込んでしまった。平成６年（１９９４年）５月の群馬大会は老神温泉での開催であった。私は由利郡金浦町出身の斎藤君と一緒の参加であった。高崎駅までは羽越本線で新潟まで行き、新潟から新幹線に乗り換えての移動であった。一行二十二名が全国各地から高崎駅に集合し、その日はバスで老神温泉へと向かった。途中赤城山や吹割の滝を観光し、天気快晴でとても心地良い旅となった。温泉を堪能した後宴会が催され、夜遅くまで盛り上がった。

次の日は早朝から国立公園の尾瀬へと向かい、見頃のミズバショウを楽しんだ。それから高崎観音へお参りし、旅も終了となった。その間宮城県出身の豊田君とは、ずうっと行動を共にしていた。しかし再会を約束して高崎駅で別れたのが、最後となってしまった。自宅に戻って間もなく、肝臓癌で亡くなったと家人が電話で知らせてくれた。彼は中国で共に戦った同志として、また同じ東北出身ということもあって、とても気が合う仲間であった。異国で無念の死を遂げた戦友の分まで、幸福で長生きしようと誓った約束がついえてしまった。

私が一番好きなことは、人を喜ばせることである。人の笑顔を見ると、幸せを感じる。それが心の栄養となり、私自身を大きく成長させてくれるように思う。また自分という人間を知ってもらうことで、人間関係を円滑に保つことができるような気もする。

喜ばせる方法の一つは踊りである。職場や戦友会、町内会や老人クラブ、親戚の集まりなど、ありとあらゆる酒席で、必ず私は主役になれる。奇抜な格好で踊り出し、その場を一気に盛り上げるのだ。仮装はバラエティーに富んでいて、ある時はチンドン屋、ある時はドリフのカトちゃん、ある時は謎の女形。それを見て皆は大笑いをする。

そういえば二男晃英の結婚式には、余興として「大黒舞」を踊ったこともあった。嫁の父が唄う民謡に合わせて大黒様の姿で踊り、拍手喝采を浴びたものだ。主役の新郎新婦よりも目立ってしまったようだ。だが息子の幸せを願い、披露宴を盛り上げようと必死だったのである。

それから次には写真である。カメラがまだ珍しい頃から自分のカメラを持っていたので、旅先や宴会の風景を撮っては、写真をプレゼントするのである。手紙に添えて写真を送ってあげると、友情はより深まっていくのだった。現像代がかさむのでアヤからはよく嫌味を言われたが、それでも私は皆の笑顔が見たかった。

やはり、何と言っても飛行機が好きである。20歳で中島飛行機に就職したのも、大東亜戦争で戦闘機「隼」の整備を行ったのも、全ては少年の頃見た飛行機への憧れに導かれている。それは由利橋の落成式で見た、あの複葉機から始まっている。大空を駆け抜ける飛行機は、新しい時代を予感させ、輝かしい未来を想像させる乗り物の代表であった。それを眺めていると自然に勇気と希望が湧いてきて、貧しい暮らしのことなどすっかり忘れることができた。

戦後、生活にゆとりが生まれてから、コレクションとして模型飛行機を集めた。たまたま弟雄一も飛行機が好きだったこともあり、手製の飛行機を我家に持ってきてくれた。弟は終戦前の昭和20年（１９４５年）６月に学徒動員により、立川飛行機工場で「隼」の整備をしていたことがある。彼も飛行機に乗りたくて、昭和16年（１９４１年）４月官立仙台航空機乗員養成所に入学し、昭和19年（１９４４年）４月には官立松戸高等航空機乗員養成所機関高等科に入学した経歴を持つ。雄一は兄弟の中で一番賢かった。残念ながら終戦により夢叶わぬものとなってしまったが、その情熱を今は模型作りに注いでいる。

私の血を引いている証なのだろうか、二男の晃英も小学生の時に飛行機への興味を持っていると知り、とても嬉しかった。私が教えた訳でもないが、いつの間にか模型飛行機作りに熱中していた。小学校で模型飛行機クラブに所属し、全国大会で二年連続入賞を果たした時には、飛び上がって喜んだのを覚えている。毎年誕生日や父の日になると、子供や孫達から模型飛行機が贈られてくる。一つ増え二つ増えて、今ではショーケースから溢れんばかりになっている。どれも私にとっては大事な宝物であり、一番のお気に入りとなっている。

それから私は無類の酒好きである。土地柄なのか血統であるかはさておき、趣味の少なかった私は手っ取り早く酒を飲んで、仕事の疲れを癒してきた。ほとんど毎日の晩酌は欠かしたことがなかった。それが元で胃癌を発症してしまったとも考えられるが、後の祭りである。

その酒が失態を招くこともしばしばだった。妻のアヤに謝らなければならない出来事が一つある。私が国療に勤めて間もない頃のことである。友人宅で酒をご馳走になった私は、深々と降る雪の中で寝込んでしまったことがあった。帰りが遅いと心配したアヤは、リヤカーを引いて私を探しに来てくれた。酩酊（めいてい）状態の私をリヤカーに乗せて、家まで運んでくれたのである。そのままだったら凍死していたに違いない。命の恩人でもあるアヤには、今でも頭が上がらない。

遺　言

私が人生を終えようとする時に気掛かりに思うことは、アヤの病状と長男晃生の行く末である。

アヤは平成14年（2002年）80歳の誕生日を迎える前頃から、体調に変化が現れた。この頃は足腰が大分弱りだし、老人会への参加も外出もしなくなっていた。他人との接触が極端に少なくなり、口数も減っていった。それまで好きだったテレビもほうっと眺めるだけで、まるで生気が失われたようであった。それに加えて今まで出来ていた掃除や洗濯が、突然出来なくなってしまった。あれほどきれい好きだったアヤが、掃除や洗濯をしなくなるとは考えもしなかった。

その日を境に奇行も目立つようになってしまった。ある日二男の晃英が帰省した際、玄関先で出迎えたのだが、「どちら様」と問いかける始末。実の息子の顔を忘れてしまったのかと驚くばかりであった。またある夜には突然飛び起きて、見えぬ人影に向かって「お願い、許して」と祈り出したり、またある時には手拭いを頭に巻き、ほうきを持って完全武装し「泥棒、出て行け」と怒鳴ってみたりする。幻聴に襲われ、幻覚に怯える日が続いた。最愛の妻であるアヤが別人のようになってしまった。しかしこれが老いの現実である。こんな姿を他人には見せたくはないが、認知症という病気を発症したのだから仕方ないのだと自分に言い聞かせ、アヤの面倒は死ぬまで看ると心に誓った。

それからは朝に夕に食事やトイレ、入浴も含めて身の回りの世話をした。歩行が楽になるようにトイレには手すりを、段差で転ばないように浴槽にはすのこを設置した。万が一倒れた時に、玄関先までスムーズに運ぶための台車もこしらえた。そんな矢先、平成17年（2005年）3月に目を離したすきにアヤが廊下で転倒し、大腿骨を折る大怪我をしてしまった。直ぐに本荘内科外科病院に入院することになったが、残念なことに高齢であるため手術をしても回復は見込めないと医師に告げられてしまった。家での介護は難しいと判断し、数ヶ月後に市内の介護施設に入所することになった。施設に入所してからは見る間に認知症が進み、見舞いに行っても私が誰かさえもわからなくなってしまった。悲しいかな、愛想笑いの笑みを見せるだけとなってしまった。明日の我が身もわからぬ現状で、このままアヤとの会話ができないのはとても辛くて寂しいことである。

　四人兄弟の長男として生まれた晃生は、楢岡家を継ぐ者として大事に育ててきた。ところが中学に進学する前に、発達障害という病気を抱えていることが判明した。発達障害のくくりの中で学習障害と診断され、中学では特別支援学級で養護指導を受けることになった。

　それまでは知恵遅れであると認識したことはなく、まさに青天の霹靂（へきれき）であった。子供は大いに遊び、逞（たくま）しく育って欲しいと思う余り、学力には目をつぶっていた感がある。もっと注意深く見てやれば、こんな事にはならなかったかも知れない。読み書きは苦手でも、人当たりは良くちゃんと挨拶もこなせる。繰り返し教えさえすれば、世の中のことを理解できなくはない。そこで社会に出ていくために何か技術を身に付けさせようと考え、中学卒業後は職人の世界を歩ませることにした。五年間住み込みで左官の修業をし、20歳には晴れて左官職人となることができた。こうして立派に社会の一員になったのだ。

　すると今度は、私にも欲が出てきてしまった。彼の将来を考えた時このまま結婚もせず、一生独身で終わらせるのはかわいそうだと思った。それからというものは、手当たり次第に知人や友人に声をかけて嫁探しに奔走した。家の実情をよく理解してくれる、賢い嫁を探すのに必死だった。幸い知人の紹介で、ようやく嫁美江（よしえ）を貰うことができた。翌年1月には待望の息子敬生（けいせい）も生まれ、順風満帆な船出を切ったように思われた。

　ところが春頃になり、突然美江が家を飛び出してしまったのである。しかも生後半年にもならない息子を置き去りにしたまま、実家へ帰ってしまったのだ。見兼ねた私は実家に何度も足を運び、戻ってくれるよう説得した。ようやく私の願いが通じ、秋口になって家に戻ることになった。

　事の発端は、私が会社社長との不倫を疑ったことにある。美江は産後から直ぐに、アパレル会社に復帰した。仕事振りが買われ、いつの間にか会社の金庫番として、社長の鞄（かばん）を預かるようになっていた。あろうことか社長との仲が噂され始めた。事実、会社の帰りが遅く、午後9時を回ることが多くなっていた。私は居ても立っても居られずに、美江の素行を調査することにした。ある夜、社長と一緒に食事している現場を押さえたのである。一社員が社長と頻繁に食事する行為は、不倫を疑われても仕方がない。あれだけ信頼していた嫁に裏切られたようで、私は許すことができなかった。口論の末、美江はいたたまれなくなり家を出たのであった。

しかし一番の原因は夫婦としての愛情のなさである。今回の一件に関しても、晃生は心配な素振りは見せても、一向に行動に移そうとしない。嫁の事も息子の事も、何故か他人任せなのである。私達も嫁に甘く接してきたのがいけなかったのかも知れない。家事や育児を免除して、仕事を優先させてしまったことも一因であったと思う。

親の愛情が少ない状態で育った子供というものは、いったいどのような人間になるのだろうか。将来が心配されたが、案の定、敬生が中学生となってから家に引きこもりがちになってしまった。夜ともなれば、私と晃生が口論する。酒ばかり飲んで家庭を顧みない生活を改めるようにと、私が活を入れるのだが、晃生は一向に聞こうとしない。そのいざこざは見たくないと、食事も一緒に取らなくなってしまった。それは当然の成り行きであった。

一つ歯車が噛み合わなくなってしまうと、他の歯車にも影響するように、事態は最悪のシナリオへと進んで行くことになる。平成16年（２００４年）７月のことである。前日降った雨が、朝からの照り付ける太陽で熱せられ、急激に気温が上昇したのであった。晃生は仕事現場で倒れ、救急搬送されることになってしまった。熱中症で意識朦朧（もうろう）とする中病院に運ばれ、その日の夜には危篤状態に陥ってしまった。誰もが死を覚悟せざるを得なかった。

次の日、私の子供達が続々と自宅に駆け付けてくれた。その傍（かたわ）らでは葬儀の準備が行われ、大広間の片付けが始まっていた。しかし低空飛行を続けながらも、主治医の懸命な処置で何とか一命を取り留めることができた。もともと心臓は強い方なのかも知れないが、美江の献身的な看護のお陰もあり、それから半年間後に驚異的な回復力で退院することができた。しかし晃生には足のしびれやろれつが回らない等の重い後遺症が残り、職場復帰は難しい状態となってしまった。それにしても、嫁の献身さには感服させられた。夫婦の絆はかすかに残っているのだと感じ、とても安心もした。そこで楢岡家の将来は晃生より、嫁の美江に託すしかないと確信したのだった。

平成19年（2007年）4月、私は遺言書を書いている。人の命は果敢（はか）ないものであり、いつ朽ちるのかさえ誰もわからない。今ここで心の整理をすることで、自分を見つめ直し、明日への備えをしようと思う。

一、以後の家系継承の維持を宜しくお願い致します。合わせて老人夫婦の身辺整理一切を宜しくお願い致します。少ない資産なるも、名義の一切を譲渡致します。

二、先々の生活の安定を願い、体力と気力で益々の奮闘をお祈り致します。尚、夫は生死を乗り越えた身故、至らぬ所を助けて戴き、一家の事をお願い致します。夫婦一体となり、笑顔で楽しい我家を望みます。

と締めくくったのである。私達が亡き後も、このまま楢岡家を存続してもらいたいという、私の切なる願いである。

ここまで生き長らえてきた私であるが、この12月にようやく米寿を迎えることができた。しかし老いが深まりつつあり、日に日に目や耳の衰えを感じるようになってしまった。その上、歩みも遅くなっている。ふと朝方に目が覚めると、悲しさや侘しさが急に襲ってくることがある。老いというものは世の中の視界を狭くし、それによって孤独感や恐怖感が増してくるように思われる。

今、私の頭の中を昔の出来事が走馬灯のように巡っている。自然豊かな大谷村に育まれた幼少期、家を失うことになった悲しい少年時代、夢を追いかけ放浪の旅に出た青年期、暗黒の戦場で過ごした日々、再起をかけた復員後の生活、幸せな子育て時代、死の淵からの生還、肉親との悲しい別れなど、ありとあらゆる出来事が駆け巡っていった。喜びも、悲しみも、非情さも、無念さも、戸惑いも、全て味わった。幾度も困難に遭遇したが、その都度多くの人の導きにより乗り越えることができた。またこうして家庭円満を保つことができたのも、兄弟や両親のお陰である。とりわけ両親にはお世話になった。私が官舎でボヤ騒ぎを起こしてしまった時も、近隣への謝罪に同行してくれたり、共働きをしていた時には子供の面倒を見てもらったりして、とてもありがたかった。

今、美空ひばりの歌「川の流れのように」をしみじみと聴いている。歌にあるように、満足のいく人生には中々辿り着けないものだと思う。でこぼこ道があり、曲がり道があり、時には倒木でふさがれた道もある。これらの道をどのように歩んで行くのかで、人生の流れも大きく変わっていくのだろう。これから先は、若い人達の幸福を祈ろう。遠い祖先のご加護が得られるように祈りたい。もう一つお願いするならば、苦しみのない最期を授けて頂きたい。そして私は妻アヤと一緒になれて、とても幸せ者であった。二人で育んできた、これまでの安らかな人生に感謝したい。本当に、本当にありがとう。

夕日が海に傾き
茜色に染まる西の空から
終焉の風が吹いてくる

風は諭す母のような囁きで
もう無理はしなくていいから
この辺で立ち止まりなさいと
遠い道程をここまで来たのだから
胸を張って立ち止まっていいよと
風の手招きに誘われるように
波打ち際へと歩み寄ると
全身がたおやかな潮騒に包まれる

確かに今まで歩き通しであった
立ち止まって景色を眺めることもなかった
座り込んで喜びにひたることもなかった
ただひたすらまっすぐまっすぐ歩いてきた
ただひたすら前へ前へと歩いてきた
けれど最後の一歩が踏み出せず
自分という壁を乗り越えられなかった
そして素直になって

感謝の気持ちを伝えられなかった

日に日に歩みも遅くなり
目や耳の衰えも感じている
ふと朝方に目を覚ますと
悲しみや寂しさが襲ってきて
謂われのない孤独感に包まれる
続いて頭の中をぐるぐると
思い出が走馬灯のように巡っていく
最期の時は明らかに近づいている
いつしか疲労感に襲われて
何もかも忘れて泥のように眠りたい
いつしか落葉に埋もれて
自然のままにひっそりと朽ちてゆきたい

夕日が海に傾き
茜色に染まる西の空から

今、終焉の風が吹いてくる
だがしかし細く長く伸びた私の影は
今にも砂に消え入りそうで
後を振り返るのが怖い

おわりに

大正、昭和、平成の三つの時代を生きた一人の男の物語が、ここで終わりを告げた。その時、その時の風に吹かれながらも、けして流浪することなく、地に足をしっかりとつけて逞しく生き抜いてきた。またその人生行路は川の流れのように、曲がりくねっていたり、穏やかな流れから一気に激流へと変わる不規則な流れの繰り返しであった。しかしどんな困難に出遭っても不屈の精神を貫いてみせた。

22歳で徴兵され、戦場の悲惨さと苦しみを味わいながらも無事帰還した。そして戦後の混乱の中でがむしゃらに働きながら、ようやく平穏な家庭を築くことができた。四人の子供を立派に育て、十人の孫に囲まれながら幸せな時間を過ごした。夢を追いかけ愛する人と共に漕いできた船は、順風満帆とはいかず幾度となく沈没の危機に遭遇したであろうと思われる。だがその都度、力を合わせて危機を乗り越えてきた。そして惜しまれて物語の最後のページを閉じたのである。

物語の主人公、楢岡晃一は実は筆者の父親である。生前父が自分の生涯を書き留めた手記を元に、筆者が時代背景や心象風景をプラスして書き起こした作品である。

父が残した手記には、幼少期に過ごした大谷村の風景や暮らし、少年の頃の心の惑い、青年期の放浪中に感じた時代のうねり、悲惨な戦争、そしてやっとつかんだ晩年の安らぎ、そこに漂う空気感が克明かつ鮮明に記されてあった。それらを目にした筆者は、必死に生きた父の足跡を是非とも後世に残したいと考えた次第である。

昨今、新型コロナウイルスが全世界へと蔓延し、毎日多くの犠牲者を出している。私達はそれまで当然のように行ってきた行動を制限し、じっと耐え忍ぶことが求められている。一方東欧の国では大国が侵攻し、罪のない子供や老人の命を奪っている。戦争は人類に破滅と絶望しか与えないことを私達は知っている。筆者はこれらの報道にただ怯えるばかりで、何の策も持てないでいる。ウイルスも戦争も人類は既に経験済みであるから、歴史を紐解けば解決の糸口をつかむことは可能なはずだが、筆者はそれらを見て見ぬ振りをして、蓋をしてしまいがちである。つい見知らぬものとの遭遇を避け、そこから逃げようとする自分に気づく。いつしか父親を超えたいと目論んできたが、人生の分水嶺を越えてもなお右往左往している現状を顧みると、到底それは叶わないような気がする。

父晃一は平成20年（２００８年）１月29日に膵臓癌のため享年89で永眠した。そして母アヤも半年後の８月５日に後を追うように、享年87で心不全によりこの世を去った。晩年、認知症を患った愛妻を優しく介護する父の姿が目に浮かぶ。病が徐々に進行する中にあっても、笑顔を絶やさず献身的に介護するのを見て、自分もこうありたいと素直に思わせてくれた。最後の最後まで本当に仲睦まじい二人であった。

この書は今を生きる若者に是非読んでもらいたい。環境破壊がもたらす自然災害、終わらぬ紛争、貧困と飢餓、加えてウイルスの蔓延。生活様式や価値観が大きく変わり、人々は躊躇し輝かしい未来を予見できないでいる。かつて父が見た混沌とした世界がまたそこにある。

未来を背負った大切な君達に是非知って欲しい。一向に定まらない羅針盤を背負い、明日の希望を探し回るもどかしい時代。更に鬱々とした闇が続く中、生死をかけて幸せをつかみ取らなければならない時代。いつかは張り裂けるであろうと予感させる、暗く息苦しい時代があったことを！　そんな時代を必死に生き抜いてみせた、一人の人間がいたことを！　平和は与えられるものではなく、つかみとるものであることを！　そして更に伝えたい。今の時代を生き抜く術として、「風に吹かれて生きるのもいい」と！

また私をこの世に生んでくれた両親にも感謝の気持ちをこめて、仲良く暮らす天国へと届けたい。

本書は２０２１年に株式会社民報印刷より出版した『時の風に吹かれて』に加筆修正を加えたものである。昨年、日本自費出版文化賞の入選作品として評価を頂いたことを機に、より多くの方に読んでもらいたいとの想いから、文芸社セレクションにて全国出版をすることとなった。出版にあたって多くの助言と励ましを頂き、私の想いをより昇華させる作品に仕上げることができたように思う。最後に、このような機会を与えて下さった株式会社文芸社編成企画部及び編集部他の皆さんに深く感謝申し上げたい。

２０２３年10月

著者プロフィール

楢岡 公人（ならおか きみひと）

1957年秋田県由利本荘市生まれ。

国立秋田工業高等専門学校卒業後、大手製薬会社勤務を経て、現在は防災士を取得し、地域の災害ボランティアとして活動中。

著書に2020年『大東亜戦争・南京野戦航空修理廠兵士の戦場の軌跡』（民報印刷）、2021年『時の風に吹かれて』（民報印刷）を刊行。

『時の風に吹かれて』は第25回日本自費出版文化賞入選作品となる。

時の風に吹かれて

2023年10月15日　初版第１刷発行

著　者　楢岡 公人
発行者　瓜谷 綱延
発行所　株式会社文芸社
〒160-0022　東京都新宿区新宿1－10－1
電話　03-5369-3060（代表）
03-5369-2299（販売）

印　刷　株式会社文芸社
製本所　株式会社MOTOMURA

ISBN978-4-286-24430-3